हिन्द पॉकेट बुक्स

भगवान महावीर

गोकुलचन्द्र जैन हिन्दी के प्रख्यात लेखक और समाजसेवी के साथ-साथ एक महान दानी भी थे। इन्होंने अनेक शिक्षण संस्थानों की स्थापना में आर्थिक सहयोग दिया है, खासकर काशी हिन्दू विश्वविद्यालय की स्थापना में इनका दिया गया दान अतुलनीय था। काशी हिन्दू विश्वविद्यालय के लिए इन्होंने अपना सर्वस्व अर्पित कर दिया था। व्यापारी परिवार से सम्बन्धित होते हुए भी गोकुलचन्द्र जैन ने निरंतर हिन्दी भाषा के उत्थान के लिए भी धन दान किया और कई उत्कृष्ट पुस्तकों की रचना की है।

भारत की सांस्कृतिक चेतना को प्रभावित करनेवाले अन्यतम महापुरुष के प्रेरक जीवनी

भगवान महावीर

जीवनी और प्रेरणाप्रद विचार

डॉ॰ गोकुलचन्द्र जैन

प्राक्कथन

मुनि सुशीलकुमार

हिन्द पॉकेट बुक्स

पेंगुइन रैंडम हाउस इम्प्रिंट

हिन्द पॉकेट बुक्स

यूएसए | कैनेडा | यूके | आयरलैंड | ऑस्ट्रेलिया
न्यू ज़ीलैंड | भारत | साउथ अफ्रीका | चीन | सिंगापुर

हिन्द पॉकेट बुक्स, पेंगुइन रैंडम हाउस ग्रुप ऑफ़ कम्पनीज़ का हिस्सा है,
जिसका पता global.penguinrandomhouse.com पर मिलेगा

पेंगुइन रैंडम हाउस इंडिया प्रा. लि.,
चौथी मंजिल, कैपिटल टावर -1, एम जी रोड,
गुड़गांव 122 002, हरियाणा, भारत

पेंगुइन
रैंडम हाउस
इंडिया

प्रथम हिन्दी संस्करण हिन्द पॉकेट बुक्स द्वारा 1973 में प्रकाशित
यह हिन्दी संस्करण हिन्द पॉकेट बुक्स में पेंगुइन रैंडम हाउस द्वारा 2022 में प्रकाशित

10 9 8 7 6 5 4 3 2

ISBN 9789353495251

मुद्रकः रेप्रो इंडिया लिमिटेड

www.penguin.co.in

FSC www.fsc.org
MIX
Paper from
responsible sources
FSC® C047271

This is a legitimate digitally printed version of the book and therefore might not have certain extra finishing on the cover.

भगवान महावीर क्या थे!

भगवान महावीर का जन्म ईसा पूर्व 599 में हुआ था। उनका जीवन और दर्शन तीन सहस्र वर्षों के दीर्घकाल में व्याप्त है। वास्तव में महावीर का व्यक्तित्व काल की सीमाओं में नहीं बांधा जा सकता। उनका चिन्तन देश और काल दोनों की परिधि से परे है। उन्होंने जिस मानव की प्रतिष्ठा की थी, वह किसी देश-विशेष, वर्ग-विशेष या युग-विशेष का नहीं हो सकता। महावीर ने जो चिन्तन दिया, वह चन्द्र और सूर्य के प्रकाश की तरह विश्वव्यापी है।

भगवान महावीर ने जिस वर्गविहीन समाज की परिकल्पना दी तथा आर्थिक और राजनीतिक मर्यादाओं के लिए जो दृष्टि प्रदान की, वह मानव-सभ्यता के आदि युग से लेकर हज़ारों-हज़ार वर्षों के चिन्तन के निष्कर्ष थे। आज का विश्व जाने-अनजाने महावीर के चिन्तन के निकट पहुंच रहा है। उस विश्व-मानव के विराट रूप को समझ लेने पर एक ऐसी आचारसंहिता की परिकल्पना सरल हो जाती है, जो सभी देशों और सभी कालों के लिए हो। जो मानव-धर्म हो। प्राणि-मात्र का धर्म हो। विश्व-धर्म हो।

महावीर को समझने के कुछ आधार-सूत्र ये हैं –

भगवान महावीर के पांच नाम साहित्य में आते हैं – वर्धमान, सन्मति, वीर, अतिवीर और महावीर। वे वर्धमान थे। जीवन के चरम विकास तक बढ़ते ही रहे। वे सन्मति थे। उनकी प्रज्ञा निर्मल थी। वे वीर से अतिवीर और अतिवीर से महावीर बने।

भगवान महावीर का चिन्तन चन्दन की तरह शीतल और पारिजात पुष्प की तरह सुरभिमय है। उनके उपदेश देश और काल की सीमाओं से परे प्राणि-मात्र के लिए हैं। वे चन्द्र और सूर्य की तरह प्राणि-मात्र के जीवन को प्रकाशित करते हैं।

भगवान महावीर ने जीवन के पूर्ण विकास के लिए नई दृष्टि दी थी।

प्रस्तुत पुस्तक में महावीर को बहुत व्यापक दृष्टि से देखा गया है। महावीर की पूर्व परम्परा से लेकर महावीर के जीवन और जीवन-दर्शन के साथ पच्चीस सौ वर्षों के दीर्घकाल में व्याप्त उनकी विरासत को भी संक्षेप में आकलित किया गया है। भगवान महावीर के जीवन पर कई छोटी-बड़ी पुस्तकें लिखी गई हैं। पर एक लघुकाय पुस्तक में इतनी सामग्री इसके पूर्व देखने में नहीं आई।

प्रकाशकों का अनुरोध था कि मैं स्वयं महावीर के जीवन और दर्शन पर लिखूं। उनके समय की सीमा में बंधकर महावीर पर लिखना मेरे लिए सम्भव नहीं था। मेरे आग्रह पर डॉ. गोकुलचन्द्र जैन ने थोड़े समय में यह पुस्तक तैयार कर दी। यह उनकी कार्यक्षमता तथा भगवान महावीर के जीवन और परम्परा के प्रभूत साहित्य एवं सांस्कृतिक इतिहास के अध्ययन का प्रतीक है। भगवान महावीर की सभी परम्पराओं के साहित्य और इतिहास के आलोक में लिखी यह पहली पुस्तक है, जिसमें एक साथ इतनी सामग्री दी गई है। कदाचित जो मैं लिखता, उससे भी व्यापक रूप में डॉ. जैन ने लिख दिया है।

डॉ. गोकुलचन्द्र जैन विद्वत जगत में सुपरिचित हैं। तटस्थ लेखन और स्वस्थ चिन्तन के लिए उनकी साख है। उनकी भाषा प्रौढ़ तथा शैली रोचक और सहज ग्राह्य है। उनकी प्रकाशित पुस्तकों तथा शताधिक निबन्धों को पर्याप्त सराहा गया है। 'यशस्तिलक का सांस्कृतिक अध्ययन' शीर्षक पुस्तक पर उन्हें उत्तर प्रदेश शासन का पुरस्कार प्राप्त हुआ था। उनके द्वारा लिखित यह पुस्तक भगवान महावीर के जीवन, दर्शन और परम्परा को समझने में उपयोगी एवं महत्त्वपूर्ण मानी जाएगी, ऐसा मेरा विश्वास है।

भगवान महावीर के पच्चीस सौवें निर्वाण-महोत्सव के अवसर पर जनसामान्य के हाथों में देने योग्य जिस पुस्तक की अपेक्षा थी, उसकी पूर्ति इस पुस्तक से हो जाती है।

मैं इसका विश्वव्यापी प्रसार चाहता हूं।

– मुनि सुशीलकुमार

अनुक्रम

अतीत की परतें

हज़ारों-हज़ार वर्ष-पूर्व

भगवान महावीर आज से लगभग पच्चीस सौ वर्ष पूर्व हुए। उनके जीवन और दर्शन को समझने के लिए उस अतीत में झांकना होगा, और उस अतीत के परिवेश को जानने के लिए एक के बाद एक अतीत की परतें भी उघारकर देखनी होंगी।

अतीत को उजागर करने का कार्य इतिहास का है। इतिहास की आंखें हैं : प्राचीन अभिलेख, शिल्प और कलावशेष, प्राचीन साहित्य एवं अन्य पुरातात्त्विक सामग्री। काल के कराल गाल में समाने के बाद यह सामग्री जितनी शेष रह जाती है, उसे जांच-परखकर इतिहास पुराकथा को जोड़ने का प्रयत्न करता है। बहुत बार इस सामग्री को जांचने-परखने में इतिहास की आंखें पथरा जाती हैं। यह भी होता है कि इस पुरा सामग्री के आधार पर जो तथ्य निकलते हों, उनका परस्पर मेल न बिठाया जा सके।

हज़ारों-हज़ार वर्ष पूर्व का इतिहास जानने के लिए न हमारे पास इस प्रकार की प्राचीन सामग्री है, जो आज की इतिहास-पद्धति के अनुसार

ठीक-ठीक आंकड़े प्रस्तुत करे और न ही इतिहासकारों के पास प्राचीन तथ्यों को पहचानने की वह दृष्टि है, जो उस सम्पूर्ण अतीत को उजागर कर सके। मोहन-जोदरो और हड़प्पा की खुदाई में प्राप्त सामग्री को भारत के सांस्कृतिक इतिहास के सन्दर्भ में पूरी तरह से विवेचित करना अभी तक सम्भव नहीं हो पाया। उस समय की लिपि को भी नहीं पहचाना जा सका है। इस कारण इतिहास अभी बहुत सी बातों के विषय में या तो मौन रहना अधिक उपयुक्त समझता है या और प्रतीक्षा करना।

स्मृतियों में टंका इतिहास

भारत के सांस्कृतिक इतिहास के साथ एक और विशिष्ट बात रही है। यहां केवल आंकड़ों और तथ्यों की तालिका देकर इतिहास कभी भी नहीं लिखा गया। प्राचीनतम सन्दर्भ और जानकारी के आधार पर ज्ञात होता है कि मानव-संस्कृति के विकास का जहां से आरम्भ हुआ वहां से हमने ऐतिहासिक, धार्मिक, सामाजिक तथा अन्य सभी प्रकार की जानकारी को श्रुत-परम्परा द्वारा जानकर और उसे दूसरों को सुनाकर, हज़ारों वर्षों तक सुरक्षित रखा। वैदिक, बौद्ध और जैन सभी धाराओं के विषय में यह बात समान रूप से सत्य है।

मन्त्रद्रष्टा ऋषि स्याही से मन्त्रों को काग़ज़ या पत्तों पर नहीं उकेरता था, प्रत्युत आत्मा के दर्पण में उसका साक्षात्कार करता था। फिर वे मन्त्र जनकल्याण के लिए श्रुत-परम्परा द्वारा एक से दूसरे और दूसरे से अनेक तक पहुंच जाते थे। यही कारण है कि वैदिक साहित्य का एक बहुत बड़ा भाग लिपिबद्ध होने के बाद भी श्रुति कहलाता है; और स्मरण के आधार पर जितना सुरक्षित रखा जा सका है, उसे स्मृति नाम दिया गया। जैन वांगमय और इतिहास भी इसी प्रकार बहुत वर्षों तक श्रुत-परम्परा द्वारा सुरक्षित रखा गया। तीर्थंकरों के उपदेशों का जिन ग्रन्थों या शास्त्रों में संकलन किया गया, उन्हें अब भी श्रुत माना जाता है।

इन सन्दर्भों के साथ एक और बात भी ध्यान में रखनी होगी। श्रुत-परम्परा से चला आया इतिहास, दर्शन और धर्म जब लिपिबद्ध होना आरम्भ हुआ, तब तक उसमें अनेक प्रकार की अन्य बातें भी जुड़ चुकी थीं। आज भी हम देखते हैं कि कानोंकान पहुंची बात कहां पहुंचकर क्या रूप ले लेगी या क्या बातें उसके साथ जुड़ जाएंगी, यह नहीं कहा जा सकता।

इस प्रकार श्रुति और स्मृति के आधार पर जो परम्पराएं बाद में लिपिबद्ध हुईं, उनके साथ अनेक प्रकार की अन्य बातें भी जुड़ गईं। बाद में उस सामग्री को आधार मानकर आचार्यों तथा अन्य शास्त्रकारों ने जो साहित्य लिखा, उसमें भी देश, काल और परिस्थितियों के अनुसार अनेक बातें जुड़ती गईं।

हज़ारों वर्ष पुरानी परम्पराओं को यथार्थ रूप में जानने के लिए इस सम्पूर्ण वांगमय का अध्ययन और उसके आधार पर तथ्यों का आकलन, इन बातों को ध्यान में रखकर करना चाहिए।

वांगमय में जो परम्पराएं सुरक्षित हैं, उन सबका समर्थन अभी पुरावशेषों द्वारा नहीं हो पाता, किन्तु मात्र इस कारण न तो हम अपने हज़ारों-हज़ार वर्षों के उस सांस्कृतिक इतिहास को ही अप्रामाणिक कह सकते हैं और न ही उसे सर्वथा मानने से इनकार किया जा सकता है। इसलिए जब तक इतिहास की खोजें जारी हैं, तब तक साहित्य-साक्षियों को बहुत बड़ा आधार मानकर चलना होगा।

इतिहास के धुंधले पृष्ठ

ऊपर जो बात कही है उससे यह स्पष्ट है कि हज़ारों-हज़ार वर्ष पुराने सांस्कृतिक इतिहास के पृष्ठ बहुत स्पष्ट नहीं हैं। कदाचित यह कहना अधिक उपयुक्त होगा, कि ये पृष्ठ बहुत धुंधले पड़ गए हैं। यही कारण है कि साहित्य की साक्षी को हर पग पर प्रामाणिक मानकर या आधार बनाकर चलना पड़ता है।

भारतीय साहित्य इतिहास, धर्म और दर्शन का एकसाथ आकलन करता रहा है। वेद भारत के धर्मग्रन्थ हैं, इतिहास भी और दार्शनिक साहित्य भी। स्मृतियां और उपनिषद, पुराण तथा रामायण और महाभारत जहां एक ओर धर्मग्रन्थ हैं, वहीं वे इतिहास और दर्शन के ग्रन्थ भी हैं। जैन और बौद्ध वांगमय के विषय में भी यही बात है।

वेदों का काल रामायण और महाभारत से हज़ारों वर्ष पूर्व माना जाता है। उसी समय से भारतीय चिन्तन-परम्परा की विभिन्न विचारधाराओं की जानकारी मिलने लगती है। पुराणों में विस्तार के साथ चिन्तन की विविध धाराओं के सन्दर्भ और विवरण प्राप्त होते हैं। रामायण और महाभारत तो इसके आकर ग्रन्थ ही हैं।

तीर्थंकर-परम्परा

भगवान महावीर के सन्दर्भ में उनकी पूर्व-परम्परा में हुए अन्य तीर्थंकरों के विषय में भी इस साहित्य से जानकारी प्राप्त होती है। सर्वाधिक विवरण जैन-परम्परा के साहित्य में प्राप्त होता है। यहां उन सबके बारे में संक्षेप में जान लेना ठीक होगा।

जैन-परम्परा में चौबीस तीर्थंकर माने गए हैं —

1. ऋषभ, 2. अजित, 3. सम्भव, 4. अभिनन्दन, 5. सुमति, 6. पद्मप्रभ, 7. सुपार्श्व, 8. चन्द्रप्रभ, 9. पुष्पदन्त, 10. शीतल, 11. श्रेयांस, 12. वासुपूज्य, 13. विमल, 14. अनन्त, 15. धर्म, 16. शान्ति, 17. कुन्थु, 18. अरह, 19. मल्लि, 20. मुनिसुव्रत, 21. नमि, 22. नेमि, 23. पार्श्व, 24. वर्धमान या महावीर।

इन चौबीस तीर्थंकरों में से पद्मप्रभ, चन्द्रप्रभ, पुष्पदन्त, वासुपूज्य तथा वर्धमान-महावीर के अतिरिक्त शेष सभी नामों के साथ 'नाथ' शब्द का व्यवहार किया जाता है। जैसे ऋषभनाथ, अजितनाथ आदि। कुछ तीर्थंकरों के एक से अधिक नाम भी मिलते हैं। ऋषभनाथ को

वृषभनाथ, ऋषभदेव, आदिनाथ या आदिदेव के नाम से भी उल्लिखित किया गया है। पुष्पदन्त का एक नाम सुविधिनाथ भी मिलता है। इसी तरह महावीर के पांच नाम प्राप्त होते हैं — वर्धमान, सन्मति, वीर, अतिवीर और महावीर।

ऋषभदेव

प्रथम तीर्थंकर ऋषभदेव के सम्बन्ध में वैदिक साहित्य में भी पर्याप्त सामग्री प्राप्त होती है। ऋषभदेव को उक्त तीर्थंकर-परम्परा में प्रथम मानने के साथ-साथ इस युग में जैनधर्म का संस्थापक-प्रवर्तक माना जाता है। जैन-परम्परा के अनुसार संस्कृति के प्रारम्भिक चरण में मानव-सभ्यता के निर्माण में ऋषभदेव का बहुत बड़ा योगदान रहा है।

भरत और भारत

ऋषभदेव के पुत्र भरत के नाम पर इस देश का नाम भारतवर्ष पड़ा, इस प्रकार की पर्याप्त सन्दर्भ-सामग्री प्राप्त होती हैं। भरत और भारत नामक पुस्तक में उसका सविवरण आकलन किया गया है। भरत भारत का प्रथम चक्रवर्ती सम्राट था।

महाबली बाहुबली

ऋषभदेव के दूसरे पुत्र बाहुबली का भी इतिहास में महत्त्वपूर्ण स्थान है। साहित्यिक उल्लेखों के अनुसार जब सम्राट भरत सम्पूर्ण देश की विजय-यात्रा समाप्त करके वापस अपनी राजधानी लौटे तो उन्हें ज्ञात हुआ कि बाहुबली ने, जो उस समय पोदनपुर का शासन-कार्य संभाले हुए थे, भरत के शासन को स्वीकार नहीं किया है। इस प्रसंग को लेकर दोनों पक्षों में युद्ध की सम्भावना तीव्र हुई, किन्तु मन्त्रिपरिषद की दूरदर्शिता के कारण दोनों भाइयों में ही परस्पर अपने को श्रेष्ठ प्रमाणित करने के लिए दृष्टि-युद्ध, जल-युद्ध और मल्ल-युद्ध का निर्णय हुआ।

बाहुबली शारीरिक दृष्टि से भरत की अपेक्षा बलिष्ठ भी थे और उन्नतकाय भी। वे इन युद्धों में विजयी हुए। किन्तु उन्हें इस प्रसंग को लेकर सांसारिक स्थिति के प्रति अत्यन्त ग्लानि हुई और वे संन्यस्त हो गए। मैसूर में बाहुबली की विशालकाय पाषाण-प्रतिमा संसार के बड़े आश्चर्यों में से एक मानी जाती है। सम्पूर्ण भारतवर्ष में बाहुबली की पाषाण तथा विभिन्न धातुओं की सहस्रों प्रतिमाएं प्राचीन काल से लेकन अब तक बनती आ रही हैं।

ब्राह्मी लिपि और अंकविद्या

ऋषभदेव ने अपनी पुत्रियों ब्राह्मी और सुन्दरी को लिपि और अंकविद्या सिखाई थी। प्राचीन शिलालेखों की लिपि अब भी ब्राह्मी लिपि के नाम से मानी जाती है। अंकविद्या या गणित के सम्बन्ध में सुन्दरी के योगदान का विवरण अभी प्राप्त नहीं हुआ। इस विषय में अनुसन्धान-कार्य अभी चल रहे हैं।

मानव-सभ्यता का अनुशास्ता

ऋषभदेव ने सामाजिक जीवन के लिए आधार रूप में, कार्यों को छः प्रकार से वर्गीकृत करके समाज को उनमें प्रवृत्त किया था। वे छः कार्य थे – असि, मसि, कृषि, विद्या, शिल्प और वाणिज्य। इनके अन्तर्गत समाज का एक प्रकार से सम्पूर्ण कार्य-व्यापार समाहित हो जाता है। यह भी जानकारी प्राप्त होती है कि ऋषभदेव ने अपने पुत्रों को 72 कलाओं की शिक्षा दी थी।

ऋषभ और शिव

ऋषभदेव का जन्म अयोध्या में तथा निर्वाण हिमालय के कैलाश शिखर पर हुआ। उनके जीवन-प्रसंग से सम्बन्ध रखने वाली अनेक घटनाएं और तिथियां शिव या महादेव से सम्बन्ध रखने वाली घटनाओं और तिथियों के साथ तालमेल रखती हैं। हो सकता है कि ऋषभदेव और

शिव एक ही व्यक्ति हों। ऋषभदेव की अनेक प्राचीन प्रतिमाएं जटाजूटयुक्त उपलब्ध होती हैं। गंगावतरण, त्रिशूल और अर्द्धनारीश्वरत्व के विषय में भी विवेचन मिलता है। इस सबके बावजूद, जैसा कि ऊपर कहा गया, इतिहास के धुंधले पृष्ठों में इन तथ्यों को ठीक-ठीक परख पाना अभी तक सम्भव नहीं हो पाया।

अजित से मल्लिनाथ तक

ऋषभदेव के बाद अजितनाथ से लेकर उन्नीसवें तीर्थंकर तक के जीवन-चरित्र की विपुल सामग्री जैन-साहित्य में प्राप्त होती है। प्रायः प्रत्येक तीर्थंकर का जीवन-चरित्र स्वतन्त्र रूप में लिखा गया है। अन्य साहित्य में इनके सम्बन्ध में या तो अत्यल्प जानकारी मिलती है या अभी तक जो अध्ययन हुए हैं उनके आधार पर विशेष जानकारी प्रकाश में नहीं आ पाई। इन सभी तीर्थंकरों की प्राचीन प्रतिमाएं विभिन्न प्रकार के पाषाण तथा धातुओं में निर्मित हुई हैं और सहस्रों की संख्या में अब भी उपलब्ध हैं।

मुनिसुव्रतनाथ

बीसवें तीर्थंकर मुनिसुव्रतनाथ का समय रामायण का काल माना जाता है। राम की कथा के प्रसंग में इनका विवरण प्राप्त होता है। मुनिसुव्रतनाथ का जन्म राजगृह में हुआ था तथा निर्वाण बिहार के सम्मेद शिखर पर। सम्मेद शिखर अब पार्श्वनाथ पर्वत के नाम से जाना जाता है। ऋषभदेव, वासुपूज्य, नेमिनाथ तथा महावीर के अतिरिक्त शेष बीस तीर्थंकर इसी सम्मेद शिखर से निर्वाण को प्राप्त हुए हैं।

नमिनाथ

इक्कीसवें तीर्थंकर नमिनाथ के विषय में पर्याप्त जानकारी प्राप्त हो जाती है। इनका जन्म मिथिला में हुआ था। नमिनाथ अनासक्ति के

प्रतीक माने जाते हैं। राजा जनक इन्हीं के वंशधर थे। जनक की अनासक्ति की रोचक कथाएं भारतीय साहित्य में उपलब्ध हैं। कहते हैं कि नमिनाथ के युग में मिथिला में धनुष पर से प्रत्यंचा उतार दी गई थी। यह प्रसंग अहिंसा के विकास की कथा को और आगे बढ़ाता है।

नेमिनाथ

बाईसवें तीर्थंकर नेमिनाथ का इतिहास कृष्ण बलदेव के कथा-प्रसंगों से जुड़ा हुआ है। नेमिनाथ यदुवंशी थे। उनके पिता अन्धकवृष्णि के ज्येष्ठ पुत्र समुद्रविजय थे। वसुदेव के पुत्र श्रीकृष्ण नेमिनाथ के चचेरे भाई थे। नेमिनाथ का जन्म शौरीपुर में हुआ था। गिरिनगर के राजा उग्रसेन की कन्या राजुलमति के साथ उनका विवाह होना निश्चित हुआ। बारात गिरिनगर पहुंची, किन्तु अतिथियों के भोजन के निमित्त इकट्ठे किए गए सैकड़ों पशुओं का दारुण चीत्कार सुनकर उनके मन में संसार से ग्लानि जगी और वे विवाह के परिधान छोड़कर विवाहमंडप की ओर जाने की अपेक्षा तपस्या करने गिरनार पर्वत पर चले गए।

तीर्थंकर नेमिनाथ के जीवन का यह प्रसंग अत्यन्त ललित और चुम्बकीय ढंग से साहित्यकारों ने लिखा है। प्राचीन शिल्प और चित्रकला में भी इसका अंकन हुआ है। नेमिनाथ का निर्वाण वहीं गिरनार पर्वत से हुआ। आज भी गुजरात प्रान्त का यह क्षेत्र जैनों का बहुत बड़ा तीर्थ माना जाता है। गुजरात की संस्कृति पर नेमिनाथ की करुणा और मृदुता की छाप अब भी देखी जा सकती है।

पार्श्वनाथ

तेईसवें तीर्थंकर पार्श्वनाथ का जन्म वाराणसी में राजा अश्वसेन और रानी वामादेवी से हुआ था। इनके जीवन की अनेक घटनाएं अत्यन्त रोचक, प्रेरक और कई स्थलों पर बहुत द्रावक भी हैं।

बाल्यकाल की एक घटना बहुत ही ललित और प्रेरक है। गंगा नदी के किनारे घूमते हुए बालक पार्श्व ने तप करते एक साधु की धूनी से जलती हुई लकड़ी के भीतर स्थित सर्पयुगल की ओर साधु का ध्यान आकर्षित किया और करुणा से प्रेरित हो उन्हें बचाया।

पार्श्वनाथ के जीवन में नागयुगल का सम्बन्ध बाद में भी देखा जाता है। तीस वर्ष की अवस्था में घर त्यागकर जब पार्श्वनाथ तपस्या कर रहे थे, उस समय उपसर्ग या आपत्तियों से बचाने में इस नागयुगल ने, जो अब धरणेन्द्र और पदमावती थे, बहुत प्रयत्न किए। पार्श्वनाथ की मूर्तियां अब भी सर्प के फणामंडल से युक्त बनाई जाती हैं। पार्श्वनाथ का निर्वाण सम्मेद शिखर से भगवान महावीर से दो सौ पचास वर्ष पूर्व हुआ था। पार्श्वनाथ के जीवन की घटनाओं का अंकन प्राचीन शिल्प और चित्रकला में भी पर्याप्त मात्रा में हुआ है।

क्रान्ति का युग

ईसा पूर्व छठी शताब्दी सम्पूर्ण विश्व के लिए एक महान क्रान्ति का युग माना जाता है। डॉ. सर्वपल्ली राधाकृष्णन ने लिखा है कि इस युग में सम्पूर्ण विश्व के चिन्तकों की चिन्तनधारा प्रकृति के अध्ययन और समस्याओं की ओर से मुड़कर समाज और जीवन की समस्याओं की ओर हो गई थी। इस युग में अनेक क्रान्तद्रष्टा महापुरुष विश्व में हुए। भारत में बुद्ध और महावीर ने समग्र क्रान्ति का तुमुल घोष किया। उनके साथ कुछ अन्य महापुरुष भी पैदा हुए। चीन में लाओत्से और कन्फ़्यूशियस ने विचारक्षेत्र में क्रान्ति पैदा कर दी थी। ग्रीस में पाइथागोरस, सुकरात और प्लेटो विचार-क्रान्ति कर रहे थे। ईरान या परसिया में जरथुस्त्र ने विचार-क्रान्ति पैदा कर दी थी।

भारत में महावीर और बुद्ध ने जिस व्यापक रूप से सामाजिक, धार्मिक, आर्थिक और राजनीतिक जीवन को प्रभावित किया, उसी प्रकार अन्य देशों के चिन्तकों ने भी वहां के समग्र जीवन को प्रभावित किया।

इस क्रान्ति के कई कारण थे। प्राचीन चिन्तनधारा की एकरसता में चलता हुआ जीवन समग्र रूप से धार्मिक मान्यताओं में केन्द्रित हो चला था। अनेक प्रकार की बुराइयां भी उनके साथ जुड़ने लगी थीं। सामाजिक जीवन समस्याओं से घिर गया था।

चातुर्याम की मर्यादाएं

महावीर के लगभग तीन सौ वर्ष पूर्व तीर्थंकर पार्श्वनाथ के समय से ही भारत में सामाजिक क्रान्ति के बीज पनप रहे थे। तीर्थंकर पार्श्वनाथ ने जो चिन्तन दिया, उसकी व्याख्या यदि समग्र सांस्कृतिक इतिहास के परिप्रेक्ष्य में की जाए, तो ज्ञात होगा कि धार्मिक से अधिक आर्थिक और राजनीतिक जीवन को व्यवस्था देने की दृष्टि से उन्होंने सारी बातें कही थीं।

पार्श्वनाथ के चिन्तन को संक्षेप में जान लेना विशेष महत्त्व का होगा, क्योंकि उनके बाद आने वाले महावीर और बुद्ध दोनों का ही चिन्तन उसी परम्परा पर विकसित हुआ।

पार्श्वनाथ ने चातुर्याम का उपदेश दिया था, वे इस प्रकार हैं —

1. अहिंसा, 2. सत्य, 3. अस्तेय, 4. अपरिग्रह।

इस चातुर्याम धर्म का वर्णन जैन और बौद्ध साहित्य में विस्तार से प्राप्त होता है।

यम शब्द का प्रयोग यहां दीर्घकालिक प्रतिज्ञा के अर्थ में हुआ है। प्राचीन साहित्य में यम और नियम दो पारिभाषिक शब्द मिलते हैं। नियम थोड़े समय के लिए स्वीकार किए गए व्रत या प्रतिज्ञा को कहते हैं। जीवनपर्यन्त के लिए स्वीकृत नियम या प्रतिज्ञा यम है। योग के आठ अंगों में भी यम प्रथम है।

पार्श्वनाथ के चातुर्याम का विवरण जैन आगम स्थानांग सूत्र में इस प्रकार मिलता है —

1. सव्वातो पाणातिवायाओ वेरमणं।

– सभी प्रकार के प्राणघात से विरति। (अहिंसा)

2. एवं (सव्वातो) मुसावायाओ वेरमणं।

– सभी प्रकार के असत्य से विरति। (सत्य)

3. सव्वातो अदिन्नादाणाओ वेरमणं।

– सभी प्रकार के अदत्तादान (चोरी) से विरति। (अचौर्य)

4. सव्वातो बहिद्धाणाओ वेरमणं।

– सभी प्रकार के बहिर्धा-आदान (परिग्रह) से विरति। (अपरिग्रह)

पार्श्वनाथ के समय से लेकर आज तक अहिंसा, सत्य और अचौर्य आदि की इतनी सूक्ष्मातिसूक्ष्म व्याख्या हो चुकी है कि यहां उनके विषय में लिखना अपेक्षित नहीं लगता। कुछ बातें अवश्य विचारणीय हैं। अचौर्य के लिए अदत्तादान की परिभाषा क्यों बांधी गई? पार्श्वनाथ ने ब्रह्मचर्य का अलग से निर्देश क्यों नहीं किया? इन दोनों ही पक्षों पर भारतीय साहित्य के आलोक में विचार करने पर पर्याप्त जानकारी मिलती है।

अदत्तग्रहण का निषेध

अदत्त का सामान्य अर्थ है बिना दिए हुए। जैन आगमों में भी इस शब्द का प्रयोग इसी अर्थ हुआ है। ऋषि संस्कृति में प्रव्रजित लोग वन में जाकर रहते थे। वहां फल-फूलों के द्वारा आजीविका तथा वृक्षों के वल्कलों से वस्त्र की समस्या हल हो जाती थी। ऋषियों की आवश्यकताएं भी इतनी कम होती थीं कि अहिंसा आदि के पालन में उन्हें विशेष कठिनाई नहीं होती थी। अदत्तग्रहण की मर्यादा का सहज निर्वाह हो जाता था।

पार्श्वनाथ चातुर्याम को सार्वजनिक एवं सामाजिक धर्म बनाना चाहते थे। इसलिए उन्होंने अहिंसा आदि की परिभाषाएं निश्चित कीं। जान-बूझकर हिंसा न करना, बिना दिए किसी की वस्तु ग्रहण न करना इत्यादि मर्यादाएं मानी गईं।

पशुयज्ञों का विरोध

पार्श्वनाथ के समय तक यज्ञों के साथ पशु-हिंसा तीव्र रूप से जुड़ चुकी थी। अधिकांश यज्ञ पशुयज्ञ ही होते थे। यज्ञ मूलतः पशुयज्ञ नहीं थे। यज्ञ या याग देवपूजा के लिए प्रयुक्त होने वाला एक सामान्य शब्द था। कब और कैसे अग्नि में आहुति देने वाले यज्ञों के साथ यह शब्द रूढ़ हो गया, इस सम्बन्ध में अभी अन्वेषण आवश्यक है। यज्ञों में पशु-हिंसा कब से सम्बद्ध हुई, यह भी अनुसन्धान का विषय है।

साहित्य में इस सम्बन्ध में एक रोचक कथा आती है। एक बार नारद और पर्वत में 'अजैर्यष्टव्यम' इस सूत्र की व्याख्या के विषय में मतभेद हो गया। एक पक्ष का कहना था कि 'अजैः' का अर्थ उगने की सामर्थ्य से रहित पुराना जौ है। दूसरे पक्ष का कहना था कि अज का अर्थ बकरा है। अन्त में राजा वसु ने अपना निर्णय दूसरे पक्ष में दिया। तब से यज्ञ में हिंसक आहुतियां दी जाने लगीं। उसके बाद तो हिंसक यज्ञों का इतना प्रचार हुआ कि अश्वमेध, गोमेध और यहां तक कि नरमेध भी होने लगे।

राजे, महाराजे और अन्य शक्तिशाली सामाजिक जब यज्ञों का आयोजन करते थे, तब ग़रीब जनसामान्य के पास उपलब्ध सुन्दरतम पशुओं को यज्ञ के लिए ज़बरदस्ती छीन लिया जाता था। पार्श्वनाथ ने मर्यादा दी कि बिना दिए किसी की चीज़ नहीं लेनी चाहिए।

नारी का परिग्रह

ऐतिहासिक दृष्टि से विचार करने पर ज्ञात होता है कि पार्श्वनाथ के

समय तक सामाजिक जीवन में स्त्री एक महत्त्वपूर्ण इकाई के रूप में नहीं मानी जाती थी। वह परिग्रह का ही एक अंग थी। साहित्य में ऐसे अनेक उदाहरण हैं, जहां स्त्री को परिग्रह के अन्तर्गत रखा गया है।

महाकवि कालिदास ने रघुवंश में महाराज दिलीप के लिए पत्नी-सहित होने के कारण 'सपरिग्रहः' शब्द का प्रयोग किया है। उसी ग्रन्थ में अन्यत्र 'प्रयतपरिग्रहद्वितीयः' कहकर स्त्री को परिग्रह में शामिल किया है। कुमारसम्भव में कहा गया है कि महादेव अपनी प्रथम पत्नी सती के स्वर्गवास के बाद से पार्वती के साथ परिणय होने तक अपरिग्रही रहे।

जैन आगम स्थानांग सूत्र में अपरिग्रह की व्याख्या करते हुए लिखा है – बहिद्धा का अर्थ है मैथुन अर्थात परिग्रह विशेष। परिग्रह में मैथुन का अन्तर्भाव हो जाता है, क्योंकि अपरिग्रहीत स्त्री का उपभोग नहीं किया जाता।

पार्श्वनाथ के शिष्य महावीर के समय में मौजूद थे। जैन आगम उत्तराध्ययन में पार्श्वनाथ के शिष्य केशी और महावीर के शिष्य गौतम के परिसंवाद का विस्तृत वर्णन है। उसी प्रसंग में पार्श्वनाथ के चातुर्याम धर्म का भी विवेचन किया गया है।

पार्श्वनाथ के इस चातुर्याम ने जनजागरण और सामाजिक जीवन में समता लाने के कार्य के बीजों का वपन किया। यही क्रान्तिबीज महावीर और बुद्ध के समय में वटवृक्ष बनकर तैयार हुआ और सामाजिक जीवन की अनेक विषमताओं को दूर कर, इन महापुरुषों ने नए जीवन-मूल्यों की स्थापना की।

महावीर और बुद्ध

महावीर और बुद्ध दोनों समकालीन थे। दोनों को पार्श्वनाथ के चिन्तन और क्रान्ति की विरासत मिली थी। महावीर ने पार्श्वनाथ के चिन्तन

को नया स्वर दिया। बुद्ध ने उसे नई व्याख्याएं दीं। बुद्ध ने चतुरार्यसत्य का उपदेश दिया था। स्पष्ट ही पार्श्वनाथ के चातुर्याम की यह नई व्याख्या थी।

महात्मा बुद्ध का जन्म शाक्य गणतन्त्र कपिलवस्तु (वर्तमान तिलोरा कोट, नेपाल) के निकट लुम्बनी वन में हुआ था। बुद्ध के पिता क्षत्रिय राजवंशी और गौतम गोत्री शुद्धोदन थे। माता का नाम माया या महामाया था। वे कोलीय वंश की राजकुमारी थीं। बुद्ध का नाम गौतम अथवा सिद्धार्थ रखा गया था। बाद में वे महात्मा बुद्ध के नाम से प्रसिद्ध हुए।

महात्मा बुद्ध और महावीर का कार्यक्षेत्र बहुत कुछ एक ही रहा है। राजगृह महावीर और बुद्ध दोनों के भक्तों का केन्द्र था। श्रावस्ती में भी महावीर और बुद्ध दोनों शिष्य पर्याप्त संख्या में थे। अनेक स्थानों में कभी बुद्ध ने और कभी महावीर ने वर्षाकाल में निवास किया।

महात्मा बुद्ध का जन्म 624 ईसा पूर्व हुआ था। परिनिर्वाण ईसा पूर्व 544 ई. में हुआ। पालि-साहित्य में महावीर के सम्बन्ध में अनेक स्थलों पर उल्लेख मिलते हैं। उस युग की धार्मिक स्थिति का अध्ययन करने के लिए महात्मा बुद्ध और महावीर के जीवन तथा उनके द्वारा प्रवर्तित जीवन-दर्शन को एक साथ जानना-समझना आवश्यक है।

महावीर के समकालीन महापुरुष

जैन आगम और पालि त्रिपिटक में महावीर और बुद्ध के समकालीन जिन महापुरुषों का वर्णन आता है उनमें पांच विशिष्ट माने गए हैं। त्रिपिटक में अन्य 62 मतों का भी उल्लेख है। जैन आगम सूत्रकृतांग में 363 मतों का उल्लेख है। इन महापुरुषों के उपदेशों या चिन्तन का संकलन या तो हुआ ही नहीं और यदि हुआ तो नष्ट हो गया। इस प्रकार उनकी चिन्तन-परम्परा आगे जाकर अक्षुण्ण नहीं रह सकी।

इन महापुरुषों को त्रिपिटक में संघनायक, गणनायक, विद्वान, यशस्वी, तीर्थंकर, साधुसम्मत तथा बहुजनसेवी कहा गया है। ये महापुरुष थे — 1. पूरण कश्यप, 2. मक्खली गोशाल, 3. अजित केशकम्बली, 4. प्रकुध कात्यायन, 5. संजय वेलट्ठिपुत्त।

इन महापुरुषों के सैद्धान्तिक, दार्शनिक तथा जीवन-सम्बन्धी विचारों का संक्षिप्त विवरण इस प्रकार मिलता है —

1. **पूरण कश्यप** — पूरण कश्यप के सिद्धान्त को अक्रियावाद कहा जाता है। इसके मत के अनुसार मनुष्य जो कुछ करता है, वह जो उसके द्वारा किया हुआ नहीं होता। छेदन करने-कराने, दूसरों को मारने, प्राण लेने, चोरी-व्यभिचार करने आदि की किसी भी क्रिया से पाप नहीं होता। इसी प्रकार दान, दम, संयम आदि से पुण्य भी नहीं होता।

   पूरण कश्यप के इन मन्तव्यों से उसके दर्शन का अन्तस्थल किसी भी तरह नहीं प्राप्त किया जा सकता।

   बुद्धघोष ने पूरण कश्यप की जो जीवनी दी है, उससे भी इस दिशा में विशेष मदद नहीं मिलती। धम्मपद अट्ठकथा के अनुसार भगवान बुद्ध का प्रभाव असह्य हो जाने के कारण पूरण कश्यप ने नदी में डूबकर प्राणान्त कर लिया था।

2. **मक्खली गोशाल** — जैन-साहित्य के अनुसार मक्खली मूलतः पार्श्वनाथ और महावीर का अनुयायी था। मतभेद होने के कारण उसने बाद में अपना पृथक संघ स्थापित कर लिया। उसके विचारों के आधार पर उसे नियतिवादी कहा जाता है। जो होना है वही होगा, यह नियतिवाद की फलश्रुति है। गोशाल का कहना था कि सत्त्वों-जीवों के क्लेश का कोई हेतु नहीं है, प्रत्यय नहीं है। बिना हेतु और बिना प्रत्यय के ही सत्त्व क्लेश पाते हैं। सत्त्वों की शुद्धि का भी कोई हेतु या प्रत्यय नहीं है। बिना हेतु और

बिना प्रत्यय के सत्त्व शुद्ध होते हैं। स्वयं कुछ नहीं कर सकते। दूसरे कुछ नहीं कर सकते। सभी सत्त्व भाग्य और संयोग के फेर में छः जातियों में उत्पन्न होते हैं और सुख-दुख भोगते हैं। सुख-दुख द्रोण (नाप) से तुले हैं। संसार में घटना-बढना उत्कर्ष-अपकर्ष कुछ नहीं होता।

जैन और बौद्ध साहित्य में गोशाल के जीवन की अनेक घटनाएं मिलती हैं। उसके नियतिवादी बनने के कारणों से सम्बन्धित भी कई घटनाएं दी गई हैं। फिर भी उसके मूल सिद्धान्त-ग्रन्थों के अभाव में पूरी तरह यह नहीं कहा जा सकता कि वह नियतिवादी क्यों बना या उसने नियतिवाद का दर्शन क्यों दिया।

नियतिवाद मनुष्य के मन में घोर निराशावादी प्रवृत्ति को जन्म देता है। जब सब-कुछ नियत है, तो कर्म करने का प्रश्न ही नहीं उठता। गोशाल के चिन्तन को यदि पूर्ण नियतिवादी मान लिया जाए, तो कर्म और पुरुषार्थ की परिसमाप्ति भी माननी पड़ेगी। कोई भी दार्शनिक निष्क्रियतावादी बनने का उपदेश देकर दार्शनिक नहीं कहला सकता। इसलिए लगता है कि गोशाल के नियतिवाद की पृष्ठभूमि कुछ और ही होगी।

बुद्ध गोशाल को अत्यन्त ख़तरनाक समझते रहे। महावीर और गोशाल के पारस्परिक सम्बन्धों में भी इस प्रकार की घटनाओं के उल्लेख मिलते हैं, जिनसे गोशाला के उग्र स्वरूप का पता चलता है।

गोशाल का सम्प्रदाय आजीवक कहलाया। बिहार में आजीवक साधुओं के आवास के लिए बनवाई गई गुफाएं अब भी विद्यमान हैं। गया से लगभग 20 मील दूर पटना-गया रेलवे के वेला नामक स्टेशन से 8 मील पूर्व की ओर बराबर पहाड़ी में चार तथा उससे कोई एक मील दूर नागार्जुनी पहाड़ी में तीन गुफाएं हैं। बराबर की

गुफाएं अशोक और नागार्जुनी की उसके पौत्र दशरथ द्वारा आजीवक मुनियों के लिए निर्माण कराई गई थीं। यह सम्प्रदाय बाद में महावीर के अनुयायियों में ही विलय हो गया।

3. **अजित केशकम्बली** – अजित केशकम्बली शुद्ध भौतिकवादी था। इसकी मान्यता थी कि दान, यज्ञ, होम आदि कुछ भी नहीं है। भले-बुरे कर्मों का फल नहीं मिलता। न इहलोक है, न परलोक। मनुष्य पांच महाभूतों से मिलकर बना है। जब वह मरता है तब पृथ्वी तत्त्व महापृथ्वी में, जल जल में, वायु वायु में तथा इन्द्रिय आकाश में विलीन हो जाती हैं। दान देना मूर्खता है। उसका कोई फल नहीं होता। मूर्ख तथा पंडित सभी शरीर के नष्ट होते ही उच्छेद को प्राप्त हो जाते हैं। मरने के बाद कोई नहीं रहता।

   इस तरह अजित केशकम्बली आत्मा, स्वर्ग, नरक, लोक, परलोक, धर्म, अधर्म आदि किसी की भी सत्ता नहीं मानता। इस कारण इसे भौतिकवादी कहा जाता है। भारतीय दर्शनों में चार्वाक दर्शन भी इसी प्रकार की मान्यता रखता है।

   अजित की यह मान्यता किस आधार पर थी, यह कहना बड़ा कठिन है। सम्भवतया आत्मा, स्वर्ग, नरक, धर्म, अधर्म के नाम पर चिन्तन में आई हुई विकृति के कारण जब सामाजिक व्यवस्था अत्यन्त विश्रृंखलित होने लगी, उस समय उच्छेदवाद की आवाज़ उठी होगी। अजित का चिन्तन समाजशास्त्रीय अधिक रहा होगा। चिन्तन के साथ समाज-व्यवस्था को जोड़ देना उस युग के लिए एक महत्त्वपूर्ण बात थी।

4. **प्रकुध कात्यायन** – इसके अनुसार सात तत्त्व पृथ्वी, अप, तेज, वायु, सुख, दुख और जीवन अकृत, अनिर्मित, अबद्ध और कूटस्थ हैं। यहां न हन्ता है, न घातइता, न जानने वाला, न

जतलाने वाला। तीक्ष्ण शस्त्र से सिर काटने पर भी कोई किसी को जान से नहीं मारता।

प्रकुध कात्यायन के इन विचारों के आधार पर उसे शाश्वतवादी कहा गया है। ब्रह्मजाल सूत्र में इसे अक्रियावादी कहा गया है। प्रकुध की ये मान्यताएं किस आधार पर थीं, इसके सम्बन्ध में विस्तार से जानकारी नहीं मिलती।

5. **संजय वेलट्ठिपुत्त** – संजय वेलट्ठिपुत्त अज्ञानवाद अथवा अनिश्चिततावाद का प्रवर्तक था। इसके अनुसार परलोक, अयोनिज प्राणी, शुभाशुभ कर्मों के फल आदि के विषय में निश्चित रूप से कुछ भी नहीं कहा जा सकता। प्रत्येक प्रश्न का उत्तर संजय के अनुसार अनिश्चय के रूप में दिया जा सकता है।

बौद्ध ग्रन्थों के अनुसार सारिपुत्त और मौद्‌गलायन संजय के शिष्य थे। मौद्‌गलायन और संजय को जैन-साहित्य में जैन मुनि बताया गया है।

इस प्रकार महावीर के समकालीन जिन महापुरुषों के दार्शनिक चिन्तन का संक्षिप्त विवरण प्राप्त होता है, उससे इतना तो अवश्य ज्ञात होता है कि सामाजिक क्रान्ति की दिशा में उस युग में चारों ओर से आवाज़ उठ रही थी। इन महापुरुषों का स्वतन्त्र साहित्य उपलब्ध न होने के कारण इनके सिद्धान्तों के विषय में पूर्ण और पर्याप्त जानकारी प्राप्त नहीं हो पाती।

भगवान महावीर के जीवन और जीवन-दर्शन को प्रामाणिकतापूर्वक जानने के लिए उनकी समकालीन स्थिति तथा उनके पूर्व की परम्पराओं और इतिहास की यह पृष्ठभूमि जान लेनी बहुत आवश्यक थी।

बोलते जीवन चित्र

वैशाली गणतन्त्र

भगवान महावीर का जन्म वैशाली में हुआ था। इसलिए उन्हें साहित्य में वैशालीय भी कहा गया है। वैशाली उस समय का अत्यन्त समृद्ध, सुव्यवस्थित और प्रतिष्ठित गणतन्त्र था। महाराजा चेटक इस गणतन्त्र के प्रभावकारी अध्यक्ष थे। सम्पूर्ण भारतवर्ष में वैशाली गणतन्त्र की और महाराजा चेटक की साख थी।

महावीर के जीवन से महाराजा चेटक का अति निकट का सम्बन्ध है। महावीर की माता त्रिशला महाराजा चेटक की पुत्री या दूसरी परम्परा के अनुसार बहन थीं।

चेटक का ज्येष्ठ पुत्र सिंह अथवा सिंहभद्र बज्जीगण के प्रधान सेनापति थे। चेटक की पुत्रियों में चेलना, मगध-नरेश श्रेणिक बिम्बसार को विवाही थी। दूसरी कौशाम्बी-नरेश शतानीक के साथ, तीसरी दशार्ण देश के राजा दशरथ के साथ, चौथी सिन्धु-सौवीर के महाराज उदयन के साथ और पांचवीं अवन्ती-नरेश चंडप्रद्योत के साथ विवाही थी। इस कारण इन राज्यों से चेटक के घनिष्ठ सम्बन्ध थे।

चेटक के प्रभावकारी व्यक्तित्व के कारण अन्य देशों के नरेश भी उन्हें बहुत मानते थे। चम्पा के राजा दधिवाहन, कलिंग-नरेश जितशत्रु, श्रावस्ती-नरेश प्रसेनजित, मथुरा के राजा उदितोदय, हेमांगद-नरेश जीवन्धर, पोदनपुर-नरेश विद्रराज, पोलासपुर के राजा विजयसेन, पांचाल-नरेश जय तथा हस्तिनापुर का राजा – ये सब चेटक के मित्र राजाओं में से थे।

महाराजा चेटक के इन सम्बन्धों के कारण वैशाली की प्रतिष्ठा और अधिक बढ़ गई थी। महावीर के सिद्धान्तों के प्रचार में महाराज चेटक और उनसे सम्बद्ध इन समस्त राज्य-परिवारों का महत्त्वपूर्ण योगदान रहा है।

जननी जन्मभूमिश्च

भगवान महावीर का जन्म चैत्र शुक्ल त्रयोदशी तदनुसार 30 मार्च, सन् ईस्वी पूर्व 599 के दिन वैशाली गणतन्त्र के अन्तर्गत कुंडग्राम या क्षत्रिय कुंड के राजा सिद्धार्थ और उनकी पत्नी त्रिशला से हुआ था।

वैशाली की समृद्धि इन पच्चीस सौ वर्षों के दीर्घ अन्तराल में धीरे-धीरे लुप्त हो गई। अन्य प्राचीन समृद्ध नगरियों की तरह अब वैशाली के भी अवशेष-मात्र उपलब्ध होते हैं। बहुत समय तक महावीर की जन्मभूमि की ठीक-ठीक पहचान न होने के कारण दो विभिन्न स्थानों पर दक्षिण बिहार में कुंडपुर की कल्पना कर ली गई थी। ऐतिहासिक अनुसन्धानों के आधार पर अब वैशाली तथा महावीर के जन्मस्थान की ठीक-ठाक पहचान हो गई है।

वसाढ़ या वासुकुंड प्राचीन वैशाली के भग्नावशेषों के निकट बसा हुआ गांव है। यहां के निवासी परम्परा से एक स्थान को भगवान की जन्मभूमि मानते आए हैं। उसी पूज्य भाव से उस पर कभी हल नहीं चलाया गया। समीप ही एक विशाल कुंड है। अब वह भर गया है

और जोता-बोया जाता है। वैशाली की खुदाई से एक ऐसी प्राचीन मुद्रा भी मिली है जिसमें 'वैशालीनामकुंडे' उल्लेख है।

भगवान महावीर का पैतृक गोत्र काश्यप था और माता का वसिष्ठ। ये दोनों ही गोत्र इस क्षेत्र में बसने वाली जथरिया नामक जाति में अब भी पाए जाते हैं।

इन सब प्रमाणों के आधार पर वासुकुंड को प्राचीन कुंडपुर और महावीर की जन्मभूमि मान लिया गया है। इसी आधार पर वहां के उक्त क्षेत्र को अपने अधिकार में लेकर बिहार राज्य ने वहां महावीर-स्मारक स्थापित कर दिया है और वहां अर्द्धमागधी पद्यों में रचित एक शिलालेख में यह स्पष्ट घोषणा कर दी है कि यही वह स्थल है जहां भगवान महावीर का जन्म हुआ था। इसी स्थल के समीप बिहार राज्य ने प्राकृत, जैन विद्याओं तथा अहिंसा के अध्ययन के लिए एक विद्यापीठ भी स्थापित किया है।

जन्मपूर्व के सन्दर्भ-संकेत

महावीर के जन्म के पूर्व की अनेक घटनाओं-कथाओं का जैन-साहित्य में विवरण प्राप्त होता है। बहुत-सी घटनाएं पारम्परिक ढंग से पारिभाषिक शब्दावली में कही गई हैं। संक्षेप में उनमें से कुछ का संकेत यहां कर देना उपयुक्त होगा।

1. भारतीय संस्कृति पुनर्जन्म में विश्वास करती है। महावीर के तीर्थंकरत्व के विषय में कहा गया है कि उनके तीर्थंकरत्व की प्राप्ति पिछले अनेक जन्मों की साधना का प्रतिफल था। महावीर के पूर्वभवों का वर्णन विस्तार के साथ जैन-साहित्य में उपलब्ध होता है। कहीं ग्रन्थों में 27 पूर्वभवों का वर्णन है, किन्हीं में 33 पूर्वभवों का।

2. महावीर ऋषभदत्त ब्राह्मण की जलन्धर गोत्रीया पत्नी देवानन्दा के गर्भ में आए। देवानन्दा ने चौदह मंगल स्वप्न देखे। इन्द्र ने

देवानन्दा के गर्भ में महावीर के जीव को हरिणैगमेषी द्वारा अपहृत कराकर सिद्धार्थ की पत्नी त्रिशला के गर्भ में स्थापित किया।

3. त्रिशला के गर्भ में आने पर त्रिशला ने भी चौदह-सोलह मंगल स्वप्न देखे। इन स्वप्नों का भी विवरण जैन-साहित्य में विस्तार के साथ किया गया है।

4. महावीर के गर्भ में आने के समय से लेकर जन्म होने के बाद तक सिद्धार्थ के घर देव और मानवों द्वारा जो-जो आयोजन-उत्सव और मांगलिक घटनाएं हुईं, उनका विस्तार के साथ वर्णन किया गया है।

ये घटनाएं आश्चर्यजनक भी हैं और रोचक भी। महावीर के तीर्थंकरत्व को इन घटनाओं से बल मिलता है या नहीं, इसकी परीक्षा करना यहां अभीष्ट नहीं है।

शैशव के बढ़ते चरण

महावीर के बाल्यकाल की कुछेक घटनाएं अत्यन्त ललित और प्रेरक हैं। यहां उनका वर्णन रुचिकर होगा।

1. महावीर बाल्यकाल से ही अत्यन्त निर्भय थे। एक बार वह अपने समवयस्क साथियों के साथ उद्यान में खेल रहे थे। उस समय उनकी अवस्था लगभग आठ वर्ष थी। सौधर्मेन्द्र की सभा में महावीर के पराक्रम और वीरता का प्रसंग छिड़ा। इन्द्र ने कहा – बालक महावीर बाल्यकाल में ही इतने साहसी और पराक्रमी हैं कि देव, दानव और मानव कोई भी उन्हें पराजित नहीं कर सकता।

संगम नामक देव को इस बात पर भरोसा नहीं हुआ। वह महावीर की परीक्षा करने उस उद्यान में पहुंचा।

उसने भयंकर विषधर का रूप बनाया और महावीर अपने साथियों के साथ जिस वृक्ष पर चढ़ने-उतरने का खेल खेल रहे थे, उसके तने

से लिपट गया। उपस्थित सभी बालक सर्प को देखकर भयभीत हो गए। इधर-उधर भागने लगे। किन्तु महावीर नहीं डरे। उन्होंने अपने साथियों को कहा कि घबराएं नहीं, इसको उठाकर अभी दूर फेंक देते हैं। बालकों के मना करने के बावजूद महावीर ने उस सर्प को पकड़कर दूर फेंक दिया था।

उपर्युक्त घटना के बाद भी संगम देव को सन्तोष नहीं हुआ, तो वह समवस्यक बालक का रूप बनाकर उन्हीं बालकों के साथ खेलने लगा। वे इस बार तिन्दूशक नामक खेल खेल रहे थे। इस खेल में दो बालक एकसाथ लक्षित वृक्ष की ओर दौड़ते हैं। दोनों में से वृक्ष को जो पहले छू लेता है, वह विजयी माना जाता है। विजयी बालक पराजित पर सवार होकर मूल स्थान पर आता है।

एक बार महावीर और बालक-वेशधारी संगम एक साथ दौड़े। महावीर ने वृक्ष को पहले छू लिया। नियमानुसार पराजित बालक को सवारी के लिए उपस्थित होना पड़ा। महावीर उस पर बैठकर जैसे ही नियत स्थान पर आने लगे, तो देव ने सात ताड़ के बराबर ऊंचा और भयावह शरीर बनाकर महावीर को डराना चाहा। इस दृश्य को देखकर सभी बालक भयभीत हो गए। किन्तु महावीर ने सोचा, अवश्य यह कोई मायावी मुझसे वंचना करना चाहता है। ऐसा सोचकर उन्होंने उसकी पीठ पर अत्यन्त दृढ़ मुष्टि-प्रहार किया। आघात से संगम चीख़ उठा और गेंद की तरह फूला हुआ उसका शरीर दबकर छोटा हो गया।

2. एक बार महावीर अपने भवन में बीच की मंज़िल में मौजूद थे। उनके समवयस्क मित्र उन्हें खोजते हुए आए। नीचे मां से पूछने पर उन्होंने बताया कि महावीर ऊपर हैं। यह सुनते ही बालक दौड़कर ऊपर पहुंचे। पर महावीर वहां नहीं मिले। उन्होंने वहां उपस्थित सिद्धार्थ से पूछा कि महावीर कहां हैं? सिद्धार्थ ने बताया, नीचे हैं। बालक बड़े पसोपेश में पड़े। माता त्रिशला कहती हैं महावीर ऊपर हैं, सिद्धार्थ कहते हैं कि महावीर नीचे हैं। यह क्या स्थिति है?

खोजते-खोजते महावीर बीच की मंज़िल में मिले। महावीर ने बालकों की बात सुनकर उनकी जिज्ञासा का समाधान किया कि माता त्रिशला का यह कहना कि महावीर ऊपर हैं, इस कारण सही है, क्योंकि मैं नीचे नहीं था। नीचे की अपेक्षा ऊपर था। इसी प्रकार पिता जी का यह कहना भी सत्य है कि मैं नीचे हूं, क्योंकि मैं ऊपर वाली मंज़िल में नहीं था, जहां महाराज सिद्धार्थ उपस्थित थे।

3. महावीर के अध्ययन-काल की घटना भी बड़ी रोचक है। महावीर को अध्ययन के लिए आठ वर्ष की अवस्था में कलाचार्य के पास भेजा गया। इन्द्र को यह सूचना प्राप्त हुई, तो वह वृद्ध व्यक्ति का वेश बनाकर महावीर के समक्ष उपस्थित हुआ और कलाचार्य के सामने ही महावीर से अनेक प्रकार के प्रश्न करने लगा। महावीर ने उसके प्रश्नों के जो उत्तर दिए उससे स्वयं कलाचार्य भी आश्चर्यचकित होकर रह गया। तब वृद्ध का वेश धारण किए हुए इन्द्र ने कलाचार्य को कहा कि यह बालक असाधारण प्रतिभा और ज्ञान का धनी है। इसे सामान्य ज्ञान देने की आवश्यकता नहीं है।

परिवार की परिधि में पनपता चिन्तन का अंकुर

महावीर अपने परिवार के राजसी वातावरण में दिनोदिन बड़े हो रहे थे। अवस्था के बढ़ने के साथ ही उनका बुद्धि-वैभव और सोचने की शक्ति का भी विस्तार हो रहा था। परिवार की परिधि में रहते हुए भी महावीर के मन में अनेक प्रकार के प्रश्न आ-आकर टकराने लगे।

जब कभी महावीर भवन से बाहर पर्यटन आदि के लिए निकलते, तो उन्हें अपने चारों ओर का सामाजिक वातावरण देखने को मिलता। सामाजिक विषमता के कारण उन्हें प्रत्यक्ष दिखाई देते। सारा सामाजिक जीवन एक धर्म की धुरी पर केन्द्रित हो गया था। अर्थ और राजनीति भी उसी धर्म के इर्द-गिर्द मंडराती थी। इस कारण धर्माधिकारियों का

प्रभुत्व सर्वत्र बढ़ गया था। वे अपने इस प्रभाव का बहुत अधिक दुरुपयोग भी करने लगे थे।

महावीर ने देखा कि धर्मान्धता इतनी अधिक बढ़ गई है कि समाज का आर्थिक जीवन बहुत अस्त-व्यस्त होता जा रहा है। धर्म के नाम पर जो क्रियाकांड चल पड़ा है, उससे लोग वर्तमान की साधन-सुविधाओं का अग्नि में तो विसर्जन कर देते हैं, किन्तु दैनन्दिन जीवन के लिए भी वे सुविधाएं साधारण जन को उपलब्ध नहीं हो पातीं।

महावीर का चिन्तन परिवार की परिधि में रहते हुए भी दिनोदिन गहराने लगा था। उन्होंने देखा कि सामाजिक जीवन में न केवल आर्थिक विषमता है, प्रत्युत वर्गभेद भी इतना अधिक है कि मानव-मानव के मन में एक-दूसरे के प्रति ममता और सौहार्द के स्थान पर घृणा और ग्लानि कूट-कूटकर घर कर गई है। एक ओर सामान्य सुविधा-विहीन वह जनसामान्य है, जिसे दास या दलितवर्ग कहा जाता है, और दूसरी ओर वह समाज है, जो ऐश्वर्य और प्रभुता के मद में समाज की इस बड़ी इकाई को अपने से अलग काट चुका है। इतना ही नहीं, अपनी प्रभुता और ऐश्वर्य के लिए उसका शोषण और दुरुपयोग भी करता है।

महावीर ने देखा कि समाज में स्त्रियों का स्थान अत्यन्त नगण्य माना जाता है। अर्द्धांगिनी और सहधर्मिणी जैसे शब्दों का व्यवहार समृद्ध और ऐश्वर्यशाली परिवार की स्त्रियों के लिए ही है, नारी सामान्य के प्रति मनुष्य के मन में जो भावना है, उससे तो वह भौतिक जीवन की अन्य सामग्रियों से भिन्न स्वतन्त्र वस्तु नहीं है।

महावीर ने देखा कि दास और दासियों के रूप में मनुष्य, स्त्री और बालकों का क्रय-विक्रय ठीक उसी प्रकार किया जाता है, जिस प्रकार भोग और उपभोग की अन्य वस्तुओं का।

महावीर को यह सब देखकर सोचने के लिए और अधिक व्यापक क्षेत्र मिला। उनका चिन्तन दिनोदिन बढ़ता ही गया। परिवार की परिधि

में रहते हुए भी वे अधिकांश समय इन समस्याओं के बारे में सोचने में लगाने लगे।

चिन्तन का यौवन या यौवन का चिन्तन

महावीर की इस चिन्तनशीलता और पारिवारिक जीवन तथा ऐश्वर्य और विलास के प्रति बढ़ते हुए निरपेक्ष भाव को परिजन धीरे-धीरे आंक रहे थे। माता त्रिशला तथा सिद्धार्थ उनके निराकरण के विषय में भी सोचते कि महावीर का मन पारिवारिक जीवन में रमे और वे एक कुशल राजनीतिक प्रशासक बनकर शासन की बागडोर अपने हाथ में लें। किन्तु महावीर का मन इस ओर तनिक भी नहीं था। उनके सामने सामाजिक विषमता के प्रश्न आकर टकराते रहते। और वे उनके समाधान खोजने के प्रयत्नों में डूब जाते।

महावीर अब एक सुन्दर, स्वस्थ और ओजस्वी युवक थे। माता-पिता तथा अन्य परिजनों के मन में यह विचार आने लगे कि महावीर का विवाह कर दिया जाए और वे सुखमय पारिवारिक जीवन व्यतीत करें। सिद्धार्थ के पास वैवाहिक सम्बन्धों के लिए प्रस्ताव आने लगे। स्वभावतः माता त्रिशला और सिद्धार्थ यह चाहते थे कि उनके बेटे का विवाह किसी अच्छे राजवंश की सुन्दर राजकुमारी से हो।

अन्ततः कलिंग जनपद के शासक जितशत्रु की कन्या यशोदा के साथ महावीर के विवाह का निश्चय हुआ।

इस विवाह के सम्बन्ध में जैन-साहित्य में दो परम्पराएं प्राप्त होती हैं। एक परम्परा के अनुसार महावीर का विवाह हुआ और उनके एक कन्या भी हुई, जिसका नाम प्रियदर्शना रखा गया। बाद में तीस वर्ष की अवस्था में महावीर प्रव्रजित हुए।

दूसरी परम्परा के अनुसार महावीर के विवाह की बात दोनों पक्षों की ओर से लगभग अन्तिम रूप ले चुकने के बाद भी महावीर की

अस्वीकृति के कारण विवाह नहीं हुआ तथा महावीर ने अविवाहित जीवन के तीस वर्ष परिवार में पूरे करके प्रव्रज्या ले ली।

महावीर के परिजन उन्हें बहुत ही स्नेह-भाव से देखते थे। माता त्रिशला और सिद्धार्थ के अतिरिक्त उनके ज्येष्ठ भ्राता नन्दिवर्धन उन्हें अत्यन्त स्नेह करते थे। भ्रातृप्रेम की घटनाएं साहित्य में बहुत ही सुन्दर ढंग से अंकित हुई हैं। उसी सन्दर्भ में महावीर के मन की ऋजुता और परिवार के स्नेह के निर्वाह के प्रसंग भी बड़े ललित और प्रेरक हैं।

महावीर ने अपने माता-पिता के समक्ष आग्रहपूर्वक प्रव्रज्या लेने का प्रस्ताव रखा। उनके इस आग्रह पर कि उनके देहावसान के बाद ही वे परिवार-त्याग करें अन्यथा उन्हें बहुत कष्ट होगा, महावीर ने उनकी बात मान ली थी। माता-पिता के देहावसान के बाद महावीर ने जब नन्दिवर्धन के समक्ष प्रव्रज्या लेने की बात रखी, तो वे अत्यन्त व्याकुल हो उठे। उन्होंने अपने पूरे प्रयत्न-भर महावीर को परिवार की परिधि में बांधे रखना चाहा। किन्तु अब संसार की कोई भी मोह-माया महावीर को बांध नहीं सकी और अन्ततः उन्होंने प्रव्रज्या लेने का निश्चय कर लिया।

समृद्धि में जनमा विराग

महावीर का जन्म जिस ऐश्वर्यपूर्ण परिवेश में हुआ था और उन्हें अपने चारों ओर परिवार तथा वैशाली गणतन्त्र की जो समृद्धि देखने को मिली थी, उसमें से उनके मन में विराग का अंकुर उगा और पल्लवित हुआ। अति भोग से योग की ओर प्रवृत्ति शीघ्र होती है। अति समृद्धि में से त्याग की प्रवृत्ति जन्म लेती है। गहरे राग में विराग पनपता है। महावीर को अपने परिवेश में यह सब उपलब्ध था। उनके मन में विराग का जो अंकुर फूटा उसके पीछे यह भी एक बड़ा कारण था।

युग का आह्वान

महावीर के मन में विराग जनमा, उसका एक कारण समृद्धि में से जनमा त्याग था। पर उससे अधिक महावीर ने अपने चारों ओर के सामाजिक वातावरण को जैसा देखा-समझा और युग के आह्वान को जिस तीव्रता के साथ अनुभव किया, उससे उन्हें लगा कि यह सारा समाज जैसे 'त्राहि माम त्राहि माम' की आवाज़ देकर उन्हें बुला रहा है।

महावीर ने अनुभव किया जैसे चारों ओर से अनगिनत आवाज़ें उन्हें पुकार-पुकारकर कह रही हैं कि हमारी विषमताएं, हमारी उपेक्षाएं, हमारी असमर्थताओं का दुरुपयोग, हमारे अभाव और दयनीय स्थिति को आकर देखो और उसका समाधान दो।

महावीर ने पारिवारिक जीवन में रहते हुए तीस वर्ष की अवस्था तक इन प्रश्नों के समाधान खोजने के प्रयत्न किए। किन्तु उन्हें लगा कि राजमहलों में रहकर इनका समाधान नहीं हो सकता। जब तक वह राजभवन नहीं छोड़ेंगे, तब तक न जनसामान्य की आवाज़ उन तक पहुंच सकती है और न जनसामान्य तक उनकी आवाज़। लोक-मंगल के लिए जनसामान्य के बीच जाना आवश्यक है।

महावीर सोचते कि आख़िर इन समस्याओं के समाधान क्या हैं? और इतने लम्बे अरसे से चली आई इस सार्वदेशिक विषमता को मिटाने के लिए क्या प्रयत्न किए जाने चाहिए? क्या हो सकता है? महावीर को लगा कि उन्हें अपने जीवन में प्रयोग करके इन सबके समाधान खोजने-पाने होंगे। इसलिए उन्होंने प्रव्रज्या लेने की घोषणा कर दी।

प्रव्रज्या के पथ पर

महावीर सपरिवार का त्याग कर संन्यस्त हो रहे हैं, यह समाचार बिजली की लहर की तरह सम्पूर्ण वैशाली में तथा महाराज चेटक के

प्रभावक्षेत्र में कानोंकान पहुंच गया। चारों ओर अनेक तरह की प्रतिक्रियाएं होनी आरम्भ हो गईं। हर वर्ग, हर व्यक्ति अपने-अपने ढंग से अपनी प्रतिक्रिया व्यक्त करता। एक ओर औत्सुक्य और आश्चर्य व्यक्त किया जा रहा था, दूसरी ओर यह आशा व्यक्त की जा रही थी कि महावीर ने जनकल्याण के लिए जो मार्ग अपनाया है, उससे एक बहुत बड़े वर्ग को त्राण मिलेगा।

कुंडपुर के निकट ही खंडवन नामक उद्यान में मगसिर सुदी 10, ईसा पूर्व 569 प्रव्रज्या की तिथि निश्चित हुई। महावीर के संन्यस्त होने के समाचार सुनते ही अपार जनसमूह उन्हें विदा देने, देखने के लिए निकल पड़ा। उस समय किसके मन में महावीर को देखने का औत्सुक्य न जगा होगा ! निम्नवर्ग के लिए यही एक बड़ी बात थी कि एक राजकुमार अपना राजवैभव त्यागकर साधु हो रहा है। राज-परिवारों के लिए यह एक आश्चर्य का विषय था कि महावीर अपने इस समृद्ध और सुख-सुविधा-सम्पन्न जीवन को छोड़कर क्यों जानबूझकर कांटों की राह चलने का निश्चय कर रहे हैं?

महावीर जैसे ही अपने भवन से खंडवन की ओर निकले, चारों ओर उनके लिए आशीष और मंगल का स्वर गूंज उठा। जय-जयकार के शब्दों का तुमुलघोष आकाश में छा गया।

हरिकेशी का हरिभजन

महावीर जब राजमार्ग से होते हुए खंडवन की ओर जा रहे थे, तभी जनसमुद्र को चीरता हुआ एक वृद्ध व्यक्ति महावीर की ओर अपनी शक्ति-भर तीव्र गति से बढ़ा। लोगों ने उसे रोकने की बहुत चेष्टा की, किन्तु वह रुका नहीं, महावीर की ओर बढ़ता ही गया। राजपुरुष उच्चस्वर से चिल्लाए कि इस चांडाल को रोको, कहीं यह महावीर को छू न ले। महावीर ने भी देखा कि एक वृद्ध तीव्रगति से उनकी ओर बढ़ा आ रहा है। उनके कानों में वे शब्द भी पड़े, जो उसे आने से

रोकना चाहते थे। महावीर ने कहा, 'रोको नहीं। उसे आने दो।' सब स्तब्ध, आश्चर्यचकित, किन्तु मौन। महावीर, जिनके निकट वह व्यक्ति आ रहा था, जब वही उसको आने देने के लिए कह रहे थे, तो उसे कौन रोक सकता था!

वह हरिकेशी चांडाल था। महावीर के निकट पहुंचकर वह उनके चरणों में गिरना ही चाहता था कि महावीर ने उसे उठाकर गले से लगा लिया। हरिकेशी का हरिभजन सार्थक हो गया। वह कृत-कृत्य हो गया।

अपार जनसमूह ने इस घटना को अत्यन्त आश्चर्य-भरी नज़रों से देखा। उस युग के लिए यह एक विचित्र घटना थी। एक राजकुमार और फिर वह जो संन्यस्त होने जा रहा है, एक अछूत चांडाल जिसकी छाया का स्पर्श भी वर्जित माना जाता हो, उसे अपने गले लगा ले। जितने मुंह उतनी बात।

महावीर का मिशन यहां से प्रारम्भ हो गया था। खंडवन में पहुंचकर उन्होंने दीक्षा ले ली और वे साधु बन गए।

संन्यस्त होने के बाद महावीर लगभग साढ़े बारह वर्ष तक एकान्त-चिन्तन और कठोर जीवन जीने के तरह-तरह के प्रयोग करते रहे। इस दीर्घ अवधि में महावीर ने अनेक क्षेत्रों में पदयात्रा की। जैन-साहित्य में इन बारह वर्षों के जीवन का विस्तृत वर्णन मिलता है। उस सबका सविवरण आकलन यहां करना सम्भव नहीं है। इसलिए संक्षेप में उस जीवन के कुछ प्रसंगों का यहां अंकन करेंगे।

ऐतिहासिक दृष्टि से ये समस्त घटनाएं मूलतः महावीर के जीवन से सम्बद्ध रही हैं या बाद की विभिन्न साहित्य-परम्पराओं में आकर जुड़ती गईं, इस विषय में यहां विचार करना अभीष्ट नहीं है। जो परम्पराएं साहित्य में उपलब्ध होती हैं और उनमें जो घटनाएं मिलती हैं, उनके आधार पर सामग्री का प्रस्तुत करना ही अभीष्ट है।

गोपाल का आक्रोश

महावीर ध्यान में लीन थे। एक ग्वाला अपने बैलों-सहित वहां पहुंचा। महावीर से बोला – मैं गांव से गाय दुहकर अभी आता हूं। ये बैल देखते रहना। उत्तर की प्रतीक्षा किए बिना ही वह चला गया। महावीर तो ध्यान में लीन थे। उन्हें ग्वाले की बात या बैलों की निगरानी से क्या प्रयोजन!

थोड़ी देर बाद ग्वाला घर से लौटा। उसने देखा बैल वहां नहीं हैं। उसे महावीर पर बड़ा क्रोध आया। जब वह बैलों की बात कहकर गया था, तो महावीर ने क्यों नहीं ध्यान रखा? भला-बुरा कहता हुआ वह बैलों की तलाश में निकल गया।

बैलों को खोजते-खोजते थककर वह वापस महावीर के निकट आया। बैल महावीर के पास बैठे थे। वह क्रोध से आगबबूला हो गया। बैलों को बांधने वाली रस्सी से महावीर पर प्रहार करने के लिए टूट पड़ा। ठीक उसी बीच इन्द्र ने उसे बताया कि मूर्ख, तू यह नहीं जानता कि ये तो वैशाली के राजकुमार महावीर हैं, जो अभी कुछ ही दिन पूर्व संन्यासी बने हैं। इन्हें तुम्हारे बैलों से क्या प्रयोजन?

ग्वाले को अपने आक्रोश पर पश्चात्ताप हुआ और वह महावीर के चरणों में क्षमायाचना करता हुआ वहां से चला गया।

अन्तिम वस्त्र का परित्याग

महावीर ने दीक्षित होते समय सम्पूर्ण वस्त्राभूषणों का परित्याग कर दिया था और दिगम्बर अवस्था अंगीकर की थी। दूसरी परम्परा के अनुसार महावीर ने देवदुष्य नामक वस्त्र रखा।

एक ब्राह्मण जो महावीर द्वारा दिए गए दान के अवसर पर उपस्थित नहीं हो सका था, वह महावीर के पास पहुंचा और बहुत ही अनुरोध-भरे शब्दों में महावीर से प्रार्थना करने लगा कि उसे अवश्य

कुछ मिलना चाहिए। महावीर ने उसे सारी स्थिति समझाने की कोशिश की। किन्तु उस व्यक्ति के मन में तो यह बात जमकर बैठी हुई थी कि महावीर एक राजकुमार हैं और राजकुमार कुछ दे नहीं सकते, यह हो ही नहीं सकता। इसलिए वह निरन्तर आग्रह करता ही रहा। अन्त में महावीर ने अपना वह देवदुष्य उतारकर उस ब्राह्मण को दे दिया। और वह उसे महावीर का आशीर्वाद समझकर आनन्द-विभोर हो लौट गया। भिन्न-भिन्न ग्रन्थों में यह प्रसंग आंशिक परिवर्तन के साथ भी आया है।

यक्ष का पश्चात्ताप

महावीर गांव-गांव पदयात्रा करते हुए एक बार अस्थिग्राम पहुंचे। वे प्रायः एकान्त और निर्जन स्थानों में ठहरते थे, जिससे उन्हें एकान्त-चिन्तन और तपश्चर्या के विविध प्रयोग करने का अवसर मिलता रहे। वहां भी वे गांव के बाहर एक यक्षायतन में ठहरे।

उस यक्षायतन के विषय में ग्राम में यह प्रसिद्ध था कि रात्रिकाल में वहां यक्ष किसी को भी नहीं रहने देता। यदि कोई रहता है तो वह बचकर नहीं निकल पाता। इस बात को ध्यान में रखते हुए ग्रामवासियों ने महावीर से अनुरोध किया कि वे वहां रात्रि में न ठहरें। परन्तु महावीर तो अपनी तपस्या के लिए ऐसे प्रसंगों की तलाश में ही रहते थे।

सन्ध्याकालीन पूजा के उपरान्त भक्तजन वहां से चले गए। पुजारी ने महावीर से भी अनुरोध किया कि वे भी वहां से ग्राम में चले जाएं, किन्तु महावीर नहीं गए।

रात्रि आई। यक्ष उपस्थित हुआ। उसने दर्प-भरे स्वर में महावीर को सम्बोधित करते हुए कहा, 'तू कौन है जो मेरे इस आवास में आकर टिका हुआ है? क्या तुझे मेरी शक्ति का पता नहीं है?'

महावीर तो ध्यान में लीन थे। उन्होंने यक्ष की बात सुनी ही नहीं। यक्ष को इस पर और अधिक क्रोध आया। उसने महावीर को तरह-तरह

से पीड़ा देनी आरम्भ की। महावीर उन्नत सुमेरु की तरह अविचल, अडिग ध्यान में लीन रहे।

यक्ष रात-भर महावीर को दारुण पीड़ा देता रहा। रात बीती। यक्ष अपने सम्पूर्ण कठोरतम प्रयोग महावीर पर करके हार चुका। उस स्थिति में भी जब महावीर अविचलित रहे, तो यक्ष सहम गया। उसका मन महावीर की इस समता और अडिगता के सामने द्रवित और विचलित हो गया। उसे अपने-आप पर पश्चात्ताप होने लगा। वह महावीर के चरणों में गिरकर बोला, 'आप सचमुच महान हैं, जो मेरे द्वारा इतनी यातना देने पर भी अडिग रहे। मैं अपने किए पर पश्चात्ताप करता हूं।'

विष से अमृत की ओर

एक बार महावीर बाचाला नामक नगर की ओर जा रहे थे। वहां पहुंचने के दो मार्ग थे। महावीर सीधे रास्ते से जाना चाहते थे। लोगों ने बताया कि आगे चलकर उस रास्ते पर एक भयंकर दृष्टि-विष सर्प रहता है। वह पथिकों को अपने दृष्टि-विष से नष्ट कर देता है। उसकी विषैली फूत्कार से आकाश में उड़ते हुए पक्षी भी ज़मीन पर आ गिरते हैं। उसके विष के कारण आसपास के वृक्ष और लताएं भी सूखकर ठूंठ बन चुके हैं।

महावीर को यह सारा प्रसंग सुनकर लगा कि एक ओर चंड-कौशिक है, दूसरी ओर उसके कारण निरन्तर हो रही विनाशलीला। उन्होंने निश्चय किया कि इसका निराकरण अवश्य होना चाहिए। वे सीधे उसी रास्ते गए। चंडकौशिक के निकट पहुंचते ही चंडकौशिक ने उन पर आक्रमण किया। उनके पैर पर दंशाघात किया। महावीर के पैर से दुग्ध-रुधिर की धारा बह निकली।

चंडकौशिक चकित होकर महावीर की ओर देखने लगा। महावीर ने करुणा से भीगे मन से कहा, "चंडकौशिक, अनेक जन्मों के दुष्कर्मों के कारण तो इस योनि में तुम्हें जन्म लेना पड़ा और अब जो यह

विनाशलीला का कुकृत्य कर रहे हो, उसका परिणाम शायद तुम नहीं जानते।"

महावीर के करुणा में पगे इन शब्दों को सुनकर चंडकौशिक का मन बदल गया। जैसे कोई सोया हुआ नींद से जाग जाए। उसने अपने पिछले जीवन की ओर दृष्टिपात किया, तो वह आत्मग्लानि से भर उठा। महावीर से मंगलमय भविष्य की आशीष लेकर उसने उसी समय से हिंसा का वह व्यापार बन्द कर दिया।

चन्दना की वन्दना

चन्दना चम्पा-नरेश दधिवाहन की राजकुमारी थी। किन्हीं कारणों से कौशाम्बी-नरेश शतानीक ने चम्पा पर आक्रमण कर दिया। दधिवाहन ने युद्ध रोकने और नरसंहार को बचाने के लिए शतानीक की ओर मित्रता का हाथ बढ़ाया, किन्तु उसने स्वीकार नहीं किया।

युद्ध हुआ और चम्पा की पराजय हुई। कौशाम्बी-नरेश के सैनिक चम्पानगरी को लूटकर धन-दौलत जितना भी ले जा सकते थे, ले गए। एक सैनिक के हाथ दधिवाहन की पुत्री चन्दना और पत्नी आ गईं। वह उन्हें लेकर कौशाम्बी की ओर चल दिया।

रानी के मन में अनेक प्रकार के संकल्प-विकल्प आ रहे थे। उधर वह सैनिक अपने कामावेग को नहीं रोक पा रहा था। रानी ने स्थिति को समझकर अपने शील की रक्षा करने के लिए रथ से कूदकर प्राणान्त कर दिए।

राजकुमारी चन्दना भी अपनी मां की तरह प्राण न दे दे, इस कारण उस सैनिक ने उससे बहुत स्नेह-भाव से अनुरोध किया कि वह घर ले जाकर उसे अपनी पुत्री की तरह रखेगा। इसलिए वह अपने मन में इस तरह की कोई बात न लाए।

चन्दना उस समय तक अबोध बालिका की तरह ही थी। वह उस सैनिक की बातों में आ गई। उसके साथ कौशाम्बी पहुंच गई।

कौशाम्बी पहुंचने के बाद सैनिक की पत्नी ने सैनिक से पूछा कि चम्पा की लूट में उसके साथी अपार धन-सम्पत्ति लाए, तुम्हें यह एक कन्या ही मिली? ले जाओ इसे और बाज़ार में बेचकर जितना धन मिले लाओ। देखने में यह बहुत सुन्दर लगती है इसलिए अधिक-से-अधिक पैसों में इसे कोई भी ख़रीद लेगा।

सैनिक चन्दना को बाज़ार में ले गया और खुलेआम नीलाम करके बेच दिया।

नगरी के सबसे समृद्ध सेठ धनावह ने उसे ख़रीदा और अपने घर ले गया।

चन्दना के अत्यन्त मृदु और सरल व्यवहार के कारण सेठ के मन में चन्दना के प्रति स्नेह-भाव बढ़ता गया।

ज्यों-ज्यों दिन बीत रहे थे, चन्दना बड़ी हो रही थी। उसका शरीर और अधिक सौन्दर्य से परिपूर्ण होता जा रहा था। धनावह सेठ की पत्नी के मन में चन्दना के प्रति धनावह के बढ़ते हुए स्नेह-भाव को देखकर तरह-तरह की आशंकाएं पैदा होने लगीं।

एक दिन की बात है। धनावह तेज़ धूप में से ठीक मध्याह्न में घर लौटा। चन्दना उसके पैर धुला रही थी। उस समय उसके बाल बिखरकर नीचे की ओर ज़मीन को छूने लगे और मुंह पर छा गए। धनावह ने सहज ममतावश हाथ से उन बालों को ऊपर कर दिया। धनावह की पत्नी ने यह दृश्य देख लिया। उसके मन की आशंकाओं में इस प्रसंग ने अग्नि में घी की आहुति का काम किया। वह चन्दना को किसी भी तरह घर से निकालने और विद्रूप करने का अवसर खोजने लगी।

आख़िर उसे मौक ा मिल गया। धनावह बाहर गया हुआ था। उसने नाई को बुलाकर सबसे पहले चन्दना की केशराशि को उसके सिर से उतरवा दिया। वे केश चन्दना के सौन्दर्य में अभिवृद्धि के बहुत बड़े

कारण थे। इसके बाद भी उसे सन्तोष न हुआ, तो चन्दना के पैर बंधवाकर उसे तलघर में बन्द करवा दिया।

सेठ लौटा। चन्दना को न देखकर उसने उसके विषय में पूछा। किसी का साहस न हुआ कि सेठ को सारी स्थिति बता दे। अन्त में सेठ की एक दासी ने डरते-डरते पूरी बात बता दी। सेठ ने चन्दना की वह स्थिति देखी, तो वह विचलित हो उठा। उसकी ममता रो पड़ी। उसने शीघ्र ही चन्दना को वहां से निकालकर बन्धन मुक्त करना चाहा।

यह एक संयोग की बात थी कि महावीर इसी नगरी में बहुत समय से आहार के लिए आते, किन्तु अपनी प्रतिज्ञा के अनुकूल सब बातें न पाकर पुनः वापस लौट जाते और साधना में लीन हो जाते।

आज जब चन्दना इस स्थिति में बन्धन-युक्त पड़ी हुई थी, तभी महावीर उस ओर निकले। सेठानी ने चन्दना को खाने के लिए जो तुच्छ भोजन दिया था, उसे लिए वह बैठी थी कि महावीर वहां से निकले। उसने अहोभाग्य समझकर महावीर को अपने उस तुच्छ भोजन में से आहार ग्रहण करने के लिए आमन्त्रित किया।

महावीर चन्दना की ओर बढ़ गए। उन्होंने आहार स्वीकार कर लिया। लोग यह देखकर आश्चर्यचकित रह गए। उनको क्या पता था कि महावीर की यह प्रतिज्ञा आज पूरी हो गई कि कोई राजकुमारी बन्धन-युक्त स्थिति में अत्यन्त उदास मन लिये आग्रहपूर्वक आहार के लिए आमन्त्रित करेगी, तभी उसके हाथ से आहार ग्रहण करेंगे।

चन्दना की वन्दना सफल हो गई। महावीर को आहार देकर चन्दना जन्म-जन्मान्तर के लिए कृतकृत्य हो गई। लोगों की दृष्टि में जो अब तक धनावह सेठ की एक क्रीतदासी थी, अब उसके सच्चे स्वरूप को लोगों ने जाना कि वह चम्पा-नरेश दधिवाहन की राजकुमारी वसुमति चन्दना है।

यह पूरा प्रसंग चन्दना के मन पर क्या प्रभाव लाया, यह चन्दना ही जान सकती थी। चम्पा पर कौशाम्बी-नरेश का आक्रमण, माता के साथ सैनिक के द्वारा अपहरण, खुलेआम बाज़ार में विक्रय, धनावह सेठ के यहां क्रीतदासी का कार्य और अन्ततः धनावह की पत्नी द्वारा किया गया वह दुष्ट व्यवहार, सब चन्दना की आंखों के समक्ष चित्रपट की तरह एक के बाद एक उतरने लगा। जैसे-जैसे वे चित्र उभरते गए, चन्दना का मन अन्याय, अज्ञान और विषमता-भरे जीवन से विराग की ओर बढ़ने लगा।

चन्दना महावीर की शिष्या बन गई। वह महावीर के शिष्य समुदाय में प्रमुख साध्वी हुई।

साधना के प्रयोग

महावीर एक गांव से दूसरे गांव, एक स्थान से दूसरे स्थान विहार करते रहे। उनकी साधना निरन्तर चलती रही। सोते, जागते, उठते, बैठते, चलते, फिरते, किसी भी क्षण उनका मन चिन्तन से विरत नहीं होता।

चिन्तन के प्रति महावीर जितने सचेष्ट थे उतने ही साधना के प्रति भी। उन्हें लगता था कि जब तक व्यक्ति अपने-आप को चारों ओर से समेटकर शून्य की स्थिति में नहीं ले आता, तब तक उसके सर्वस्व का विसर्जन नहीं होता। और जब तक सर्वस्व विसर्जित नहीं होता तब तक उसके विश्ववात्सल्य और विश्वमंगल की कामना व्यापक नहीं हो सकती।

महावीर ने साधक जीवन के इन साढ़े बारह वर्षों में दूसरों के द्वारा दिए गए उपसर्ग और कष्ट समता भाव से झेले। उससे भी अधिक उन्होंने अपने-आप को कठोर तप और परीषहों की अग्नि में तपाया।

ग्रीष्म की तपती हुई दुपहरियों में खुले आकाश में आग बरसाते सूर्य के नीचे उ त्तप्त पाषाणशिला पर महावीर तपस्या करने बैठ जाते और अविचल भाव से दीर्घकाल तक तपस्या में लीन रहते।

वर्षा ऋतु में मूसलाधार पानी बरस रहा होता। भयंकर तूफ ान और बादलों की गड़गड़ाहट का आतंक व्यक्ति को घर से बाहर नहीं निकलने देता। ऐसे में महावीर वृक्ष के नीचे तपस्या में अडिग खड़े होते।

चारों ओर हरे-हरे घास उग आते। ताल-तलैयां भर जातीं। मक्खी और मच्छरों की भरमार हो जाती। ऐसे में महावीर अपनी अनावृत काया में संयम की साधना करते होते।

शीत ऋतु में बफ ीली हवाएं चलतीं। पक्षी तक डरकर अपने घोंसलों में छिप जाते। ऐसे में निर्वसन महावीर किसी नदी के किनारे, ताल के तट पर या पर्वत की उपत्यका में अपनी साधना में तल्लीन होते।

महावीर ने उन समस्त प्रकार के भयावह स्थानों में जाकर तपस्या की, जहां आदमी भयभीत हो जाता है। जो आदमी को विचलित कर देते हैं। अनेक बार महावीर श्मशान में ध्यानारूढ़ होते।

आहार और जल ग्रहण करने के सम्बन्ध में भी महावीर ने अनेक प्रकार के प्रयोग किए। कभी वे लगातार कई-कई दिन या महीनों तक बिना आहार और जल ग्रहण किए ही साधना में तल्लीन रहते। उन्हें जैसे इस बात का बोध ही नहीं होता कि आहार लेना अनिवार्य है।

महावीर ने अपनी आहार-विषयक आवश्यकताओं को परिसीमित ही नहीं किया था, प्रत्युत उसके प्रति इतने अनासक्त हो गए थे, जैसे यह प्रयोग करना चाहते हों कि क्या मनुष्य बिना आहार और जल के नहीं जी सकता?

इस प्रकार महावीर की साधना निरन्तर उग्र से उग्रतर, कठोर से कठोरतम होती गई। जैसे कोई खान से निकले हुए सोने को एक बार अग्नि में तपाता चले और सोने का रूप निखरता आए। ज्यों-ज्यों महावीर की साधना बढ़ रही थी, उनका चिन्तन, उनका ज्ञान व्यापक हो रहा था। उन्हें समस्याओं के समाधान दृष्टिगत होने लगे थे।

जैसे कोई शिल्पी छेनी की एक-एक चोट से किसी दिव्य पुरुष की मूर्ति घड़ रहा हो, वैसे ही महावीर क्षण-क्षण की साधना द्वारा उस ओर अग्रसर हो रहे थे, जहां आत्मा परमात्मा बन जाती है।

सत्य का अनावरण

महावीर की साधना के साढ़े बारह वर्ष पूरे होने को आए। उनकी साधना अब चरम स्थिति तक पहुंच चुकी थी। महावीर एक दिन जृम्भिका ग्राम के निकट ऋजुबालिका या ऋजुकूला नदी के तट पर शालवृक्ष के नीचे ध्यानमग्न थे। वह वैशाख शुक्ल दशमी का दिन था। महावीर अपनी साधना में ऐसे निमग्न थे, जैसे साधना के प्रयोग अपनी चरम स्थिति में पहुंच चुके हों। उनके सामने से अश्रद्धा, अज्ञान, मोह और अन्तराय की अन्तिम झीनी पर्त भी एक के बाद एक उतरती चली जा रही थी।

महावीर ने अनुभव किया कि उनके सामने से सारा आवरण हट गया है और पिछले बयालीस वर्षों से वह जिस साधना में लगे आ रहे थे, वह पूर्ण हो गई है। उन्हें उन तमाम समस्याओं के समाधान स्फटिक में झलकते हुए से दिखाई देने लगे, जो जीवन-भर उन्हें मथती रही थीं। महावीर केवलज्ञानी हो गए। वे सर्वज्ञ और सर्वदर्शी हो गए थे। सत्य का अनावरण हो चुका था। अब वस्तुतथ्य उनके सामने अपने वास्तविक स्वरूप में थे।

समता का शंखनाद

महावीर अब अपनी बयालीस वर्ष की साधना और चिन्तन की उपलब्धियों को जनकल्याण के लिए बिखेर देना चाहते थे। उन्होंने इतने लम्बे समय में साधना और चिन्तन के विभिन्न प्रयोगों के माध्यम से जीवन और जगत की समस्याओं के जो समाधान उपलब्ध किए थे, उन्हें वह जनकल्याण के लिए व्यक्ति-व्यक्ति तक पहुंचा देना चाहते थे।

महावीर ने निश्चय किया कि जनभाषा में जनकल्याण की बात जनसामान्य तक पहुंचाऊंगा।

महावीर को केवलज्ञान प्राप्त होने और जनकल्याण के लिए उपदेश देने की बात जब महाराज चेटक, श्रेणिक बिम्बसार तथा अन्य राज्य-परिवारों तक पहुंची, तो राजन्य परिवार महावीर के दर्शनों और उनके उपदेशों को सुनने के लिए उनके पास पहुंचने आरम्भ हुए।

जनसामान्य को जब यह ज्ञात हुआ कि महावीर के उपदेश केवल किसी वर्ग-विशेष के लिए नहीं, प्रत्युत प्रत्येक व्यक्ति के लिए हैं, तो अपार जनसमूह उनके उपदेश सुनने के लिए उमड़ पड़ा।

महावीर के उपदेशों के लिए विराट सभाओं का आयोजन किया जाने लगा। उनकी यह सभा समवशरण सभा कहलाती थी। प्रत्येक व्यक्ति इस सभा में बिना किसी भेदभाव के बेरोकटोक आ सकता था। इसी कारण इस सभा को समवशरण सभा कहा जाता था।

गौतम का मोह भंग

महावीर की समवशरण सभा में उनके प्रधान शिष्य इन्द्रभूति गौतम बने। वे महावीर के प्रथम गणधर थे।

इन्द्रभूति गौतम इन्द्र की विभूति वाले एक महान विद्वान और शिष्य समुदाय के प्रमुख आचार्य थे। वह महावीर के शिष्य कैसे बने इसका विवरण निम्न प्रकार प्राप्त होता है :

इन्द्रभूति गौतम वेद-वेदांगों का पारंगत विद्वान था। उसके पांच सौ शिष्य थे। इन्द्र ने जब यह अनुभव किया कि महावीर का उपदेश जनसामान्य तक पहुंचाने के लिए इन्द्रभूति जैसा विद्वान व्याख्याकार समवशरण में उपस्थित होगा तभी सरलतापूर्वक महावीर के सन्देशों को जन-जन तक पहुंचाया जा सकेगा।

इन्द्रभूति को महावीर के पास कैसे लाया जाए, यह समस्या थी। इन्द्र ने यह दायित्व स्वयं अपने ऊपर लिया। वह बटुक का वेश बनाकर इन्द्रभूति के आश्रम में पहुंचा और उनके पास अध्ययन करने की इच्छा व्यक्त की। इन्द्रभूति ने उसके विशेष अनुरोध पर उसे पढ़ाना स्वीकार कर लिया। इन्द्र ने इन्द्रभूति के समक्ष एक पद्य उपस्थित किया और कहा कि यह गाथा मुझे मेरे गुरु ने पढ़ाई है। इसका मुझे अर्थ समझ में नहीं आया, कृपया आप मुझे इसका अर्थ बताएं। वह गाथा इस प्रकार है :

पंचेव अत्थिकाया छज्जीवणिकाया महव्वया पंच।
अटठ य पवयणमादा सहेउओ बंधमोक्खो य ॥

इन्द्रभूति यह सुनकर आश्चर्य और दुविधा में पड़ गया। उसे इसका अर्थ समझ में नहीं आया। किन्तु वह शिष्य-समुदाय के समक्ष इस बात को स्वीकार करना नहीं चाहता था। इसलिए उसने छद्मवेशधारी उस शिष्य से कहा कि चलो तुम्हारे गुरु को ही इसका अर्थ बताएंगे।

इस प्रकार इन्द्र गौतम को महावीर के समवशरण में ले आया। समवशरण में पहुंचते ही गौतम का मोह भंग हुआ। महावीर ने कहा – 'गौतम, तुम्हारे मन में आत्मा के प्रति सन्देह है।' और भी अनेक बातें महावीर ने कहीं। उस सबसे प्रभावित होकर गौतम अपने पूरे शिष्य-समुदाय के साथ महावीर का शिष्य बन गया।

इन्द्रभूति गौतम अपने सम्पूर्ण शिष्य-समुदाय के साथ महावीर का शिष्य बन गया है, यह समाचार चारों ओर बहुत शीघ्र फैल गया।

अग्निभूति आदि विद्वानों को जब यह समाचार मिला तो वे भी इन कारणों को जानने के लिए कि ऐसा क्यों हुआ, महावीर की सभा में पहुंचे। अन्ततः वे भी अपने शिष्य-समुदाय के साथ महावीर के शिष्य बन गए। वे महावीर के प्रमुख शिष्य हुए। उन्हें गणधर कहा गया है।

महावीर के उन ग्यारह गणधरों के नाम इस प्रकार हैं :

1. इन्द्रभूति, 2. अग्निभूति, 3. वायुभूति, 4. आर्यव्यक्त, 5. सुधर्मा, 6. मंडित, 7. मौर्यपुत्र, 8. अकम्पित, 9. अचलभ्राता, 10 मेतार्य, 11. प्रभास।

ये सभी गणधर वेद-वेदांगों के विद्वान और अनेक शिष्यों के गुरु-ब्राह्मण थे। इनके सम्बन्ध में यहां संक्षिप्त जानकारी विशेष महत्त्व की होगी।

इन्द्रभूति – इन्द्रभूति गौतम मगध देश के अन्तर्गत गोवरग्रामवासी गौतम गोत्रीय वसुभूति ब्राह्मण के पुत्र थे। उनकी माता का नाम पृथ्वी था। वे वेद-वेदांग के विशिष्ट विद्वान थे। महावीर के पास दीक्षित होने के समय उनकी अवस्था पचास वर्ष की थी। महावीर के बाद इन्हें केवल ज्ञान हुआ तथा बारह वर्ष बाद निर्वाण को प्राप्त हुए।

अग्निभूति – अग्निभूति इन्द्रभूति के मझले भाई थे। इन्द्रभूति के दीक्षित हो जाने के बाद चालीस वर्ष की अवस्था में वे भी भगवान महावीर के शिष्य हो गए थे।

वायुभूति – ये इन्द्रभूति तथा अग्निभूति के छोटे भाई थे। अपने दोनों भाइयों के महावीर के शिष्य बन जाने के बाद यह भी बत्तीस वर्ष की अवस्था में महावीर के शिष्य बन गए थे।

आर्यव्यक्त – आर्यव्यक्त कोल्लांग सन्निवेश के भारद्वाज गोत्रीय ब्राह्मण थे। इनकी माता का नाम वारुणी और पिता का नाम धनमित्र था।

सुधर्मा – ये कोल्लाग सन्निवेश के अग्निवेश्यायन गोत्रीय ब्राह्मण थे। इनकी माता का नाम भद्दिला और पिता का नाम धमिल्ल था।

मंडित – मंडित मौर्य सन्निवेश के वसिष्ठ ब्राह्मण थे। इनके पिता का नाम धनदेव और माता का नाम विजयादेवी था।

मौर्यपुत्र – ये मौर्य सन्निवेश के काश्यप गोत्रीय ब्राह्मण थे। इनके पिता का नाम मौर्य और माता का नाम विजया था।

अकम्पित – ये मिथिला के रहने वाले थे और गौतम गोत्रीय ब्राह्मण थे। माता का नाम जयन्ती और पिता का नाम देव था।

अचलभ्राता – ये कौशला-निवासी हारीत गोत्रीय ब्राह्मण थे। इनकी माता का नाम नन्दा और पिता का नाम वसु था।

मेतार्य – वत्सदेशान्तर्गत तुंगिका सन्निवेश के रहने वाले थे। कौंडिन्य ब्राह्मण थे। इनकी माता का नाम वारुणी देवी और पिता का नाम दत्त था।

प्रभास – ये राजगृह के रहने वाले कौंडिन्य गोत्रीय ब्राह्मण थे। इनकी माता का नाम अतिभद्रा और पिता का नाम बल था।

विपुलाचल का सन्देश

भगवान महावीर का प्रथम उपदेश राजगृह के विपुलाचल पर आयोजित समवशरण सभा में हुआ। उस दिन श्रावण कृष्णा प्रतिपदा थी।

भगवान महावीर के उपदेश में जो शब्द सर्वप्रथम निकले वे इस प्रकार बताए जाते हैं –

उप्पणेइ वा विणस्सेह वा धुवेइ वा।

यह महावीर के चिन्तन का नवनीत कहा जा सकता है, जो उन्होंने वस्तु-स्वरूप के प्रतिपादन के विषय में अपने उपदेश के प्रथम सूत्र के

रूप में जनमानस के समक्ष प्रस्तुत किया। इसका अर्थ है कि प्रत्येक वस्तु में तीन गुण होते हैं – उत्पाद, व्यय और ध्रौव्य।

इस बात को जैन आगमों में विस्तार के साथ प्रतिपादित किया गया है। एक उदाहरण से यह बात अधिक स्पष्ट हो जाएगी।

किसी राजा के पास एक स्वर्ण-घट था। उसके दो पुत्रों में से एक तो चाहता था कि यह घड़ा बना रहे। दूसरा चाहता था कि इसे तुड़वाकर स्वर्ण-मुकुट बनवा लिया जाए। घड़ा चाहने वाले राजकुमार को घड़ा मिटने का दुख हो रहा था। स्वर्ण-मुकुट चाहने वाले राजकुमार को मुकुट बनने का हर्ष था। राजा यह जानता था, कि दोनों ही स्थिति में उसका स्वर्ण सुरक्षित है। इसलिए न उसे हर्ष था न विषाद, प्रत्युत उसके मन में माध्यस्थ या तटस्थ भाव था।

जनकल्याण के तीस वर्ष

महावीर राजगृह के बाद विहार करते हुए अनेक स्थानों पर पहुंचे और जनकल्याण के लिए उपदेश दिए।

राजगृह से महावीर वैशाली पधारे। वहां वे ब्राह्मणकुंड और क्षत्रियकुंड गए। ब्राह्मणकुंड में ऋषभदत्त और देवानन्दा तथा क्षत्रियकुंड में जामाली और प्रियदर्शना ने महावीर के पास दीक्षा ग्रहण की।

वैशाली के उपरान्त महावीर वत्स जनपद की राजधानी कौशाम्बी पहुंचे। वहां उस समय शतानीक का अल्पवयस्क पुत्र उदयन राज्य कर रहा था। शतानीक की बहन जयन्ती बहुत ही विदुषी थी। उसने महावीर के समक्ष अपनी अनेक प्रकार की तात्त्विक जिज्ञासाएं रखीं। महावीर ने उनका समाधान दिया।

कौशाम्बी से चलकर महावीर श्रावस्ती पहुंचे। वहां सुमनोभद्र और सुप्रतिष्ठ ने महावीर के पास दीक्षा ग्रहण की।

श्रावस्ती से चलकर महावीर वाणिय ग्राम आए। वहां गाथापति आनन्द ने श्रावक धर्म स्वीकार किया।

वाणिय ग्राम से महावीर पुनः राजगृह पहुंचे। वहां धन्नासेठ तथा शालिभद्र ने दीक्षा ग्रहण की।

राजगृह से महावीर चम्पा पहुंचे। वहां के अधिपति दत्त ने महावीर का भव्य स्वागत किया। महाचन्द्र राजकुमार ने श्रावक धर्म अंगीकार किया।

चम्पा के बाद महावीर पुनः वाणिय ग्राम पधारे। उसके बाद वाराणसी की ओर प्रयाण किया।

वाराणसी में महाराजा जितशत्रु ने महावीर के उपदेश जन-जन तक पहुंचाने के लिए सम्पूर्ण व्यवस्था की।

वाराणसी से चलकर आलम्भिया होते हुए पुनः राजगृह पधारे। राजगृह से पुनः कौशाम्बी की ओर विहार किया। इस बार कौशाम्बी में रानी मृगावती महावीर के पास दीक्षित हुई।

कौशाम्बी से लौटकर महावीर मिथिला की ओर गए। वहां काकन्दी ग्राम में सहस्राम्र उद्यान में उनका उपदेश हुआ। उपदेश सुनकर भद्रा सार्थवाहिनी का पुत्र धन्यकुमार बहुत प्रभावित हुआ और माता की अनुमति लेकर भगवान के पास दीक्षित हो गया।

मिथिला के बाद एक बार महावीर हस्तिनापुर पधारे। उस समय राजा शिव वहां राज्य करते थे। शिवराजर्षि भगवान के उपदेशों से प्रभावित होकर महावीर के शिष्य बने।

एक बार भगवान महावीर साकेत, श्रावस्ती आदि नगरों में विहार करते हुए पांचाल की ओर पधारे। कम्पिलपुर के बाहर सहस्राम्र वन में ठहरे। वहां अम्बड नामक परिव्राजक महावीर का शिष्य बना।

इस प्रकार महावीर भारत के विभिन्न नगरों और ग्रामों में विहार करते हुए उपदेश देते रहे। जहां भी वे जाते, उनकी समवशरण सभाओं का आयोजन होता। उनके उपदेश जनभाषा में होते थे। महावीर ने जीवन के प्रत्येक पक्ष पर अपना चिन्तन लोकमानस के समक्ष रखा।

महावीर के उपदेशों का प्रभावक्षेत्र किसी वर्ग-विशेष तक सीमित नहीं था। उस समय के दलित या निम्न माने जाने वाले वर्ग से लेकर राजा-महाराजाओं तक उनके उपदेशों का प्रभाव पहुंचा।

महावीर का शिष्य-समुदाय

भगवान महावीर के उपदेशों से प्रभावित होकर अनेक राजे-महाराजे तथा उनकी पत्नियां, सार्थवाह और श्रेष्ठी तथा अन्य सभी वर्गों के स्त्री-पुरुष उनके शिष्य बने।

इस सम्पूर्ण शिष्य-समुदाय के लिए भगवान महावीर ने जो व्यवस्था दी उसे चतुर्विध संघ-व्यवस्था कहा गया है। यह चतुर्विध संघ-व्यवस्था इस प्रकार है –

1. साधु, 2. साध्वी, 3. श्रावक, 4. श्राविका।

मूलतः इस व्यवस्था को दो भागों में वर्गीकृत किया जा सकता है। अर्थात संन्यस्त व्यक्ति और गृहस्थ। संन्यस्त व्यक्तियों के लिए साधु और साध्वियों के अलग-अलग संघ बनाए गए। इसी प्रकार श्रावक और श्राविकाओं के लिए अलग-अलग संघ की व्यवस्था दी गई।

महावीर ने जिस धर्म और जिन सिद्धान्तों का उपदेश किया, उस धर्म को किसी भी कुल या गोत्र में उत्पन्न स्त्री-पुरुष अंगीकार कर सकता था। उनके सिद्धान्तों को अपने जीवन में अपना सकता था।

जो व्यक्ति पारिवारिक जीवन छोड़कर संन्यस्त नहीं हो सकता था, वह श्रावक धर्म अंगीकार करता। जो संन्यस्त हो सकता था, वह साधु या मुनि का धर्म अंगीकार करता।

महावीर ने इन दोनों ही प्रकार की व्यवस्था के लिए अलग-अलग आचारसंहिता दी। इस कारण उनकी संघ-व्यवस्था अत्यन्त सुव्यवस्थित रूप से चली।

महावीर के उपदेश जीवन की समस्याओं को सीधे स्पर्श करते थे। उनके समाधान प्रस्तुत करते थे। वे जनसामान्य के लिए उपयोगी थे। यही कारण था कि महावीर के उपदेशों का व्यापक प्रसार हुआ और सामाजिक जीवन में नई चेतना जागी।

महावीर के उपदेशों ने धार्मिक, आर्थिक, सामाजिक और राजनीतिक जीवन को समग्र रूप से प्रभावित किया।

महावीर ने कहा – धर्म के नाम पर यज्ञों में पशु की बलि तथा बेतहाशा खाद्य सामग्री को अग्नि में नष्ट करने से समाज की अर्थ-व्यवस्था पर प्रभाव आता है। इस प्रकार के क्रियाकांड से किसी प्रकार का भला नहीं होता। इसीलिए उन्होंने यज्ञों का विरोध किया।

यज्ञों का यह विरोध निम्न और दलित वर्ग के लिए बहुत ही प्रभावकारी सिद्ध हुआ। यज्ञों के कारण उन्हीं का आर्थिक जीवन सर्वाधिक प्रभावित होता था। इस कारण सहज ही इस बहुत बड़े वर्ग का झुकाव महावीर की ओर हो गया।

महावीर ने यह भी कहा कि धर्म और धार्मिक क्रियाएं किसी व्यक्ति विशेष के लिए नहीं हैं। प्रत्येक व्यक्ति उनको करने का अधिकारी है। उस युग के लिए जिस समय धर्म और धार्मिक क्रियाएं एक वर्ग-विशेष के हाथों में केन्द्रित हो गई थीं, इस प्रकार से कहना बहुत महत्त्वपूर्ण बात थी।

यज्ञों का विरोध जैसे-जैसे बढ़ता गया आर्थिक जीवन की असमानताएं कम होने लगीं। धार्मिक केन्द्रीकरण का विरोध जैसे-जैसे बढ़ा, जनसामान्य धार्मिकता की ओर उन्मुख होता गया।

महावीर ने राजनीति को भी बहुत प्रभावित किया। इसका एक बड़ा कारण यह था कि महावीर स्वयं एक राजकुमार थे और एक ऐसे परिवार से सम्बन्ध रखते थे जिसका प्रभावक्षेत्र बहुत व्यापक था। वैशाली गणतन्त्र के अध्यक्ष महाराज चेटक के विषय में पहले कहा जा चुका है।

अनेक राजे-महाराजे महावीर के सम्पर्क में आए। उनके उपदेश सुने तथा उनके शिष्य बने। जो शिष्य नहीं भी बने, उनकी विचारधारा में भी परिवर्तन आया।

महावीर ने कहा – राजा या राज्याध्यक्ष का कर्तव्य है कि वह जनकल्याण के लिए आवश्यक व्यवस्था करे। इसके लिए वह समाज से अपना दाय अवश्य ग्रहण कर सकता है। किन्तु वह दाय ठीक वैसे ही ग्रहण किया जाना चाहिए जैसे भ्रमर पुष्प को कष्ट पहुंचाए बिना उससे पराग या मधु ग्रहण करता है। राजनीति के लिए यह बहुत बड़ा सूत्र था।

महावीर के उपदेशों के कारण राजप्रशासन सरल और मृदु हो गए। राजे-महाराजे पहले की अपेक्षा सामाजिक जीवन की ओर अधिक ध्यान देने लगे।

इस प्रकार लगातार तीस वर्ष तक भगवान महावीर नगर-नगर और ग्राम-ग्राम विहार करते हुए समवशरण सभाओं में जनभाषा में जन-कल्याण के लिए उपदेश देते रहे।

निर्वाण और निर्वाणस्थली

भगवान महावीर विहार करते हुए पावानगर पहुंचे। यहीं कार्तिक कृष्ण अमावस्या के दिन रात्रि के अन्तिम प्रहर में उनका निर्वाण हुआ।

बहत्तर वर्ष की अवस्था में महावीर निर्वाण को प्राप्त हुए। यह समय ईसा पूर्व 527 माना जाता है।

वर्तमान में बिहार प्रदेश स्थित पावापुरी महावीर का निर्वाणस्थल माना जाता है। यहां कमलों से सुशोभित एक सुन्दर मन्दिर बना हुआ है। मन्दिर में भगवान की चरण-पादुकाएं हैं तथा उनके उत्तराधिकारी गौतम स्वामी और सुधर्म स्वामी की भी चरणपादुकाएं हैं।

जिस पावानगर में महावीर का निर्वाण हुआ, वह बिहार के पटना ज़िले में स्थित वही पावानगर है, जो वर्तमान में महावीर की निर्वाण-भूमि माना जाता है या अन्य; इस विषय में कुछ नए अनुसन्धानों के आधार पर कुछ विद्वानों का कहना है कि उत्तर प्रदेश के गोरखपुर ज़िले के समीप स्थित फ़ाजिल नगर और साठियाव के मध्य स्थित पावा में महावीर का निर्वाण हुआ था। अभी इस विषय में पर्याप्त अनुसन्धान की अपेक्षा है।

महावीर का जिस समय निर्वाण हुआ, उस समय पावा में नौ लिच्छवी, नौ मल्ल तथा काशी-कौशल आदि के अठारह राजे-महाराजे वहां उपस्थित थे। महावीर के निर्वाण से एक ओर सभी को दुख हुआ दूसरी ओर उनके बाद उनकी परम्परा और उपदेशों को सुरक्षित रखने की चिन्ता भी। सबने मिलकर महावीर के निर्वाण प्राप्त करने के उपलक्ष्य में तथा इन्द्रभूति गौतम को केवलज्ञान प्राप्त होने के उपलक्ष्य में दीप जलाकर प्रकाश-पर्व मनाया। जैन-मान्यता के अनुसार दीपावली भगवान महावीर के निर्वाण की स्मृति में ही मनाई जाती है।

जीवन–दर्शन

उपदेशों की श्रुत-परम्परा

भगवान महावीर के समय में उपदेश तथा अन्य सभी प्रकार की जानकारी को श्रुत-परम्परा द्वारा सुरक्षित रखने की प्रवृत्ति थी। महावीर के उपदेश भी उनके जीवनकाल में तथा उसके बाद सैकड़ों वर्षों तक श्रुत-परम्परा द्वारा सुरक्षित रखे गए।

महावीर के उपदेशों को उनके शिष्य गणधरों ने बारह विभागों में विषयक्रम से वर्गीकृत किया था। इसे द्वादशांग कहा जाता है। बारहवें अंग में महावीर की पूर्व परम्परा का चिन्तन भी सुरक्षित किया गया था। अंगों के अतिरिक्त जिन ग्रन्थों में महावीर के उपदेश संकलित किए गए, उसे अंगबाह्य कहा गया है।

महावीर के निर्वाणोपरान्त उनके उपदेश लम्बे अरसे तक श्रुत-परम्परा द्वारा सुरक्षित रहे। धीरे-धीरे महावीर की परम्परा के वयोवृद्ध और ज्ञानवृद्ध शिष्यों ने यह अनुभव किया कि उपदेश विस्मृत हो चले हैं इसलिए उन्हें सुरक्षित करने के प्रयत्न किए जाने आवश्यक हैं। तदनुसार पाटलिपुत्र, मथुरा तथा वलभी में श्रुत-संरक्षण के प्रयत्न किए गए।

आगमिक मान्यता के अनुसार महावीर के निर्वाण से 160 वर्ष बाद पाटलिपुत्र में स्थूलभद्र आचार्य ने श्रमणसंघ का सम्मेलन कराया और वहां ग्यारह अंगों का संकलन किया। बारहवें 'दृष्टिवाद' को जानने वाला वहां कोई उपस्थित नहीं था, इसलिए इस अंग का संकलन नहीं हो सका।

बाद की शताब्दियों में यह श्रुत-संकलन पुनः छिन्न-भिन्न हो गया। वीर- निर्वाण के लगभग 480 वर्ष बाद आचार्य स्कन्दिल ने मथुरा में एक संघ सम्मेलन कराया, जिसमें पुनः आगम साहित्य को व्यवस्थित करने का प्रयत्न किया गया। इसी समय के लगभग वलभी में नागार्जनसूरि ने भी एक मुनि सम्मेलन द्वारा आगम-रक्षा का प्रयत्न किया।

उपदेशों का उपलब्ध संकलन

महावीर-निर्वाण के लगभग 980 वर्ष बाद वलभी में देवर्धिगणी क्षमाश्रमण द्वारा मुनि सम्मेलन बुलाया गया। इस समय ग्यारह अंग, बारह उपांग, दस प्रकीर्णक, छः छेद सूत्र, चार मूल सूत्र तथा दो चूलिका सूत्रों में भगवान महावीर के उपदेशों को लिपिबद्ध किया गया।

ये सभी ग्रन्थ भगवान महावीर के उपदेशों की भाषा अर्द्धमागधी में ही लिखे गए। आगम साहित्य के विषय में दो प्रकार की मान्यताएं हैं। एक मान्यता के अनुसार महावीर के उपदेशों का संकलन जिन आगमों में किया गया था, वे आगम नष्ट हो चुके हैं। दूसरी परम्परा के अनुसार सुरक्षित हैं।

भगवान महावीर के उपदेशों के उपर्युक्त संग्रह-ग्रन्थों पर अनेक टीका और व्याख्या ग्रन्थ लिखे गए। इसके अतिरिक्त आचार्यों ने भगवान महावीर द्वारा उपदिष्ट सिद्धान्तों की व्याख्या करते हुए विभिन्न भाषाओं में स्वतन्त्र ग्रन्थों की रचना की। यह साहित्य भी उतना ही महत्त्वपूर्ण और प्रामाणिक माना जाता है जितना कि आगम साहित्य। 'विरासत' शीर्षक के अन्तर्गत इस बात का संक्षिप्त विवरण दिया गया है।

उपर्युक्त साहित्य भगवान महावीर के जीवन-दर्शन के अध्ययन का मूल आधार बिन्दु है। उसी के आलोक में आगे संक्षेप में विवेचन किया जाएगा। भगवान महावीर ने जीवन और जगत से सम्बन्ध रखने वाले प्रत्येक विषय पर विस्तार के साथ अपना चिन्तन दिया था। उस समग्र चिन्तन का संक्षिप्त सार यहां प्रस्तुत है।

दृश्य और अदृश्य जगत

चिन्तन के आरम्भ काल से ही व्यक्ति के मन में दृश्य और अदृश्य जगत का प्रश्न आ-आकर टकराता रहा है। भारतीय चिन्तकों ने जगत के सम्बन्ध में अपनी-अपनी मान्यताएं भिन्न-भिन्न प्रकार से व्यक्त की हैं। सर्वाधिक रूप से जो मान्यता जनमानस में बैठ गई थी, वह थी जगत का कर्ता ईश्वर है। वह ईश्वर सर्वशक्तिमान, सर्वदर्शी और स्वयंभू है। उसके तीन रूप हैं। संसार की रचना करने वाला, रक्षा करने वाला और विनाश करने वाला।

भगवान महावीर ने कहा कि यह दृश्य और अदृश्य जगत स्वयमेव निर्मित है। इसे बनाने वाला कोई नहीं। उन्होंने संसार की रचना के सम्बन्ध में छः मूलभूत द्रव्यों का निर्देश किया। वे छः द्रव्य इस प्रकार हैं

1. जीव, 2. अजीव या पुद्‌गल, 3. धर्म, 4. अधर्म, 5. आकाश, 6. काल।

इनमें जीव के अतिरिक्त शेष पांच द्रव्य अजीव या अचेतन हैं। इस प्रकार संक्षेप में हम मूल को द्रव्य मान सकते हैं।

इन छः द्रव्यों से ही संसार बना है। अर्थात संसार में ये ही द्रव्य उपलब्ध होते हैं। इनके अतिरिक्त अन्य नहीं हैं।

धर्म और अधर्म यहां प्रचलित धर्म और अधर्म के अर्थ में नहीं लिये गए। धर्म से तात्पर्य उस द्रव्य से है, जो जीव और अजीव द्रव्यों

की गमन-क्रिया में मछली के लिए जल की तरह सहकारी होता है। अधर्म द्रव्य वह है, जो स्थिति या ठहरने में पथिक के लिए छाया की तरह सहकारी होता है। आकाश द्रव्य वह है, जो उक्त समस्त द्रव्यों के लिए आवास प्रदान करता है। काल द्रव्य सभी द्रव्यों की परिवर्तन-क्रिया में सहकारी होता है।

दृश्य और अदृश्य सम्पूर्ण विश्व में जीव अर्थात चेतन तथा अजीव अर्थात जड़ या अचेतन वस्तुओं के अतिरिक्त अन्य कुछ नहीं है। इन द्रव्यों को बनाने वाला कोई नहीं है। वे सब अनादि काल से अपने स्वरूप में विद्यमान हैं।

ईश्वर को जगत या सृष्टि का कर्ता मानने में अनेक प्रकार की उलझनें थीं। यदि ईश्वर सर्वशक्तिमान है, तो वह संसार में सभी को सुखी ही क्यों नहीं बनाता? संसार में जो विभिन्न प्रकार की विषमताएं देखी जाती हैं, वे नहीं होनी चाहिए।

यदि राग-द्वेष के कारण ईश्वर किसी को सुखी किसी को दुखी बनाता है, तो ऐसे रागी-द्वेषी को ईश्वर नहीं माना जा सकता।

यदि यह कहा जाए कि जीव के अच्छे-बुरे कर्मों के अनुसार ईश्वर उसे अच्छा-बुरा बनाता है, तो इसमें कर्म की प्रधानता हो जाती है, ईश्वर की सर्वशक्तिमानता नहीं रहती। यदि वह सर्वशक्तिमान है, तो उसे कर्मों के अनुसार अच्छा-बुरा बनाने की परतन्त्रता नहीं होनी चाहिए।

एक प्रश्न यह भी उठता है कि ईश्वर संसार को बनाता क्यों है? यदि वह अपने आनन्द के लिए संसार को बनाता है, तो यह मानना पड़ेगा कि वह आनन्द से युक्त नहीं है। इसलिए वह इस प्रकार की प्रवृत्ति करता है। इसके साथ ही यह भी मानना पड़ेगा कि उसमें इच्छा वर्तमान है। इच्छावान व्यक्ति ईश्वर नहीं हो सकता।

ईश्वर को संसार का कर्ता मानने पर उसके कर्तृत्व-विषयक ज्ञान और संसार को बनाने की क्रमबद्धता भी माननी पड़ेगी, क्योंकि एक ही क्षण में इतने विराट संसार को कैसे बनाया जा सकता है?

ईश्वर को संसार का कर्ता मान लेने पर व्यक्ति में अपने प्रति विश्वास की भावना और अपने कर्तृत्व के प्रति आस्था का अभाव जाग्रत होता है। वह परावलम्बी या ईश्वरावलम्बी हो जाता है।

इसी प्रकार के और भी कई कारण और कठिनाइयां हैं, जिनके कारण ईश्वर को सृष्टिकर्ता नहीं माना जा सकता। इसलिए भगवान महावीर ने कहा कि यह सम्पूर्ण विश्व स्वतः निर्मित है। इसे किसी ईश्वर ने नहीं बनाया।

जीव द्रव्य या आत्मतत्त्व

जगत की तरह जीव के विषय में जिज्ञासा का भाव सदा से रहा आया है। जीव को जानने के लिए ऋषि और मुनि हज़ारों वर्षों से प्रयत्न करते रहे हैं। विभिन्न चिन्तकों ने अपने-अपने अनुभव और ज्ञान के अनुसार जीव के विषय में व्याख्याएं दी हैं।

भगवान महावीर ने जीव के विषय में कहा कि जीव दो प्रकार के हैं। एक तो वे जो संसार में स्थित हैं, दूसरे वे जो संसार से मुक्त हो चुके हैं। सूक्ष्मतम जीवों से लेकर दृश्यमान विशालकाय जीवों तक सभी संसारी जीव हैं। संसारी स्थिति में अजीव या पुद्गल के साथ सम्बद्ध होने के कारण जीव के वास्तविक स्वरूप का बोध नहीं हो पाता। वस्तुतः जड़ और चेतन सर्वथा दो भिन्न द्रव्य हैं। परस्पर बद्ध होने के बावजूद वे एक दूसरे के रूप में परिणत नहीं होते। चेतन कभी भी अचेतन नहीं हो सकता। अचेतन कभी चेतन नहीं हो सकता। वस्तु का जो स्वरूप है उसे वह कभी नहीं छोड़ती।

तब यह जीव अजीव के बन्धन की स्थिति क्यों है? इस सम्बन्ध में भगवान महावीर ने सात तत्त्वों का उपदेश दिया। वे सात तत्त्व इस प्रकार हैं –

1. जीव, 2. अजीव, 3. आस्रव, 4. बन्ध, 5. संवर, 6. निर्जरा, 7. मोक्ष।

कर्म-सिद्धान्त

उक्त सात तत्त्वों का विस्तृत विवेचन जिस सिद्धान्त के अन्तर्गत भगवान महावीर ने किया उसे कर्म-सिद्धान्त कहा जाता है।

जीव अनादि काल से कर्मों से सम्बद्ध चला आ रहा है। जिस प्रकार खदान से निकले स्वर्ण-पाषाण में स्वर्ण और पाषाण के कण अनादि काल से मिले हुए हैं, उसी प्रकार जीव के साथ कर्म के जड़ परमाणु अनादि काल से सम्बद्ध हैं। जिस प्रकार स्वर्ण-पाषाण को अग्नि में गलाकर पाषाण और स्वर्ण के कण अलग-अलग कर लिए जाते हैं, उसी प्रकार जीव से कर्म के जड़ पुद्‌गल परमाणु भी अलग किए जा सकते हैं।

कर्मों से बद्ध जीव में मन-वचन-काय की प्रवृत्तियों द्वारा जो परिस्पन्द अर्थात कम्पन होता है, उससे नए कर्मों का आस्रव और बन्ध होता रहता है। नए कर्मों के आने को आस्रव और बद्ध होने की स्थिति को बन्ध तत्त्व कहा गया है।

नए कर्मों के बंधने की स्थिति का रुकना संवर तथा बंधे हुए कर्मों का धीरे-धीरे अलग होना निर्जरा नामक तत्त्व है। जब समस्त कर्म पुद्‌गल जीव से अलग हो जाते हैं, तो वह मुक्त हो जाता है। यही मोक्ष तत्त्व है।

स्वर्ण-पाषाण के उदाहरण द्वारा जीव की कर्मबद्ध स्थिति का जैसा चित्रण किया गया है, इसी प्रकार अन्य तत्त्वों के विषय में भी उदाहरण द्वारा स्थिति अधिक स्पष्ट होगी।

पानी में पड़ी हुई किसी नाव में छेद हो गया। उस छेद से नाव में पानी आने लगा। पानी आने की इस प्रक्रिया को आस्रव कहा जाएगा। नाव में पानी का जमा होना बन्ध है। छेद को बन्द करके पानी के आने को रोक देना संवर है। उसके बाद नाव में भरे हुए पानी को थोड़ा-थोड़ा करके निकाल देना निर्जरा है।

यह आस्रव और बन्ध किन कारणों से होता है? उन्हें कैसे रोका जा सकता है? संवर तथा निर्जरा किन कारणों से होती हैं? इन सबका वर्णन कर्म-ग्रन्थों में विस्तार से किया गया है।

कर्मों के मुख्य आठ भेद हैं :

1. ज्ञानावरणीय, 2. दर्शनावरणीय, 3. वेदनीय, 4. मोहनीय, 5 आयु, 6. नाम, 7. गोत्र, 8. अन्तराय्।

ज्ञानावरणीय जीव के ज्ञान गुण का आवरण करता है। जिस प्रकार सघन बादल सूर्य के प्रकाश को प्रकट नहीं होने देते, उसका आवरण कर लेते हैं, उसी प्रकार ज्ञानावरणीय जीव ज्ञान गुण का आवरण करता है।

दर्शनावरणीय जीव के दर्शन गुण का आवरण करता है।

वेदनीय कर्म गुड़ लपेटी तलवार की तरह जीव को इन्द्रियों के द्वारा सुख और दुख का अनुभव कराता है।

मोहनीय कर्म शराब की तरह आत्मा को मोहित करता है। क्रोध आदि विकारभाव इसी कर्म के उदय से होते हैं।

आयु-कर्म शृंखला की तरह शरीर में आत्मा को रोक रखता है।

नाम-कर्म चित्रकार की तरह आत्मा को नाना योनियों में और नरकादि पर्यायों में नामांकित कराता है।

गोत्र-कर्म कुम्भकार की तरह आत्मा को उच्च अथवा नीच कुल के रूप में व्यवहृत कराने वाला है।

अन्तराय कर्म भंडारी की तरह दाता और पात्र आदि के बीच में आकर दान आदि में विघ्न डालता है।

इन आठ कर्मों के विस्तार से भेद-प्रभेद बताए गए हैं। दृश्यमान जगत में जीव की प्रत्येक प्रवृत्ति इन्हीं कर्मों के द्वारा संचालित होती है। अदृश्य जगत में भी जीव की प्रत्येक प्रवृत्ति इन्हीं के द्वारा संचालित होती है।

व्यक्ति अपने कर्मों का कर्ता स्वयं है। उनके परिणामों का भोगता भी स्वयं ही है। प्रयत्न करके वह स्वयं ही बन्धन मुक्त हो सकता है। दूसरे के अनुग्रह अथवा दूसरे के प्रयत्नों से वह कर्म-बन्धन से मुक्त नहीं हो सकता।

इस कर्म-सिद्धान्त ने व्यक्ति को अपने कृतित्व के प्रति आस्था प्रदान की। इसके साथ ही उसे यह विश्वास हुआ कि ईश्वर अथवा अन्य किसी भी शक्ति के अनुग्रह पर उसका कल्याण निर्भर नहीं है। अपने कल्याण के लिए उसे स्वयं ही प्रयत्न करने होंगे।

प्रत्येक जीव स्वतन्त्र इकाई है

जीव या आत्मा का विवेचन करते हुए भगवान महावीर ने कहा कि प्रत्येक आत्मा एक स्वतन्त्र इकाई है। वह अपने-आप में परिपूर्ण है। संसारी अवस्था में विभिन्न योनियों में जिस प्रकार का शरीर वह ग्रहण करती है, उस शरीर के आकार रूप होकर उसमें रहता है। तात्त्विक दृष्टि से प्रत्येक आत्मा अनन्त गुणों से युक्त है। कर्मबन्धन-युक्त होने

के कारण उसके वे गुण प्रकट नहीं हो पाते। जिस प्रकार सूर्य के सामने से बादलों का घना अन्धकार धीरे-धीरे हटने पर सूर्य का प्रकाश सामने आता है, उसी प्रकार जैसे-जैसे आत्मा कर्मों के आवरण से मुक्त होता है, वैसे-वैसे ही उसके ज्ञान आदि गुण प्रकट होते जाते हैं।

ईश्वर, आत्मा, परमात्मा

महावीर ने कहा कि प्रत्येक जीव अपना ईश्वर स्वयं है। वह स्वयंभू है। अनन्त शक्तिमान है। अपने आत्मिक गुणों का विकास स्वयं करता है। गुणों का सम्पूर्ण विकास करने पर कर्मबन्धन से मुक्त होकर मोक्ष को प्राप्त होता है। आत्मा से वह परमात्मा हो जाता है।

कर्मबन्धन से मुक्त होने पर प्रत्येक भव्य आत्मा परमात्मा हो सकता है। परमात्मा होने पर उसके अनन्त गुण स्वतः प्रकट हो जाते हैं। वह शरीर बन्धन से सदा के लिए मुक्त हो जाता है। परमात्मा या मुक्त जीव को पुनः जन्म धारण नहीं करना पड़ता। वह संसार में लौटकर पुनः नहीं आता।

भारतीय चिन्तन-परम्परा में अवतारवाद की मान्यता रही है। माना जाता है कि जब संसार में अन्याय, अनीति आदि बहुत अधिक बढ़ जाते हैं, तब संसार के कल्याण के लिए ईश्वर किसी-न-किसी रूप में अवतार ग्रहण करते हैं। ब्राह्मण-परम्परा में इस प्रकार के चौबीस अवतार माने गए हैं। भगवान महावीर ने इस अवतारवाद का निषेध किया। इसके पीछे उनका जीव के स्वतन्त्र अस्तित्व और उसके व्यक्तित्व की प्रतिष्ठा का सिद्धान्त था। यदि व्यक्ति का कल्याण दूसरे के हाथों में सौंपा हुआ हो तो वह परावलम्बी हो जाता है। इसलिए महावीर ने अवतारवाद का निषेध किया और कहा कि प्रत्येक व्यक्ति अपनी आत्मा का विकास करके स्वयं परमात्मा बन सकता है।

व्यक्तित्व-विकास की भूमिका

व्यक्ति अपना विकास करके किस प्रकार परमात्मा बन सकता है, इसकी एक पूरी प्रक्रिया महावीर ने प्रतिपादित की है। सूत्र रूप में कहा गया है कि सम्यक दर्शन, सम्यक ज्ञान और सम्यक चारित्र मोक्ष के कारण हैं।

सम्यक दर्शन – लोक रचना के लिए जिन छः द्रव्यों की चर्चा ऊपर की गई है तथा जीव आदि जो सात तत्त्व बताए गए हैं, उनके स्वरूप के प्रति सच्ची श्रद्धा सम्यक दर्शन है।

सम्यक ज्ञान – उपर्युक्त छः द्रव्यों और सात तत्त्वों का सच्चा ज्ञान सम्यक ज्ञान है।

सम्यक चारित्र – द्रव्यों और तत्त्वों के वास्तविक स्वरूप के प्रति श्रद्धा और ज्ञान होने के उपरान्त जीव के वास्तविक स्वरूप को प्राप्त करने के लिए किया गया आचरण सम्यक चारित्र है।

सम्यक दर्शन, सम्यक ज्ञान और सम्यक चारित्र को रत्नत्रय कहा गया है। ये तीनों मिलकर मुक्ति का मार्ग बनता है। एक की भी कमी रहने पर मुक्ति प्राप्त करना सम्भव नहीं है।

ऊपर वस्तु-स्वरूप और तत्त्वज्ञान का जो विवरण दिया गया है, उसके सम्यक दर्शन और सम्यक ज्ञान के उपरान्त सम्यक चारित्र आरम्भ होता है। सम्यक चारित्र जीवन की एक समग्र आचारसंहिता है। महावीर ने अपने उपदेशों में इस पर विस्तार से समझाया है। सम्यक चारित्र ही सामाजिक जीवन की धुरी है। जीवन में सम्यक चारित्र आ जाने पर सहज ही जीवन की समस्याओं का समाधान हो जाता है। व्यक्ति के सम्यक चारित्र का प्रभाव समाज-संरचना और समाज के धार्मिक, आर्थिक और राजनीतिक जीवन को भी समग्र रूप से व्याप्त करता है।

विचारमूलक आचार

भगवान महावीर ने जीवन के लिए ज़ो आचारसंहिता प्रस्तुत की, उसकी पहली शर्त 'विचार-शुद्धि' बताई। जब तक विचार-पक्ष सही नहीं होगा, आचरण ठीक नहीं हो सकता। इसलिए उन्होंने कहा कि आचार के पहले विचार-क्रान्ति जीवन के लिए नितान्त आवश्यक है। इसके लिए उन्होंने अनेकान्त का चिन्तन दिया।

अनेकान्त भगवान महावीर या जैन-चिन्तन की आधारशिला है। अनेकान्त का चिन्तन जीवन को समग्र रूप से व्याप्त करता है। वस्तु-स्वरूप के विषय में महावीर ने कहा कि वस्तु के स्वरूप को कहने के लिए जितने पहलू हो सकते हैं, उतनी दृष्टियों से विचार किया जा सकता है। किसी एक दृष्टि को पूर्ण मानना पर्याप्त नहीं है। न ही उससे वस्तु के पूर्ण स्वरूप का परिज्ञान हो सकता है। जैनागमों में इसे एक बहुत ही रोचक उदाहरण द्वारा प्रस्तुत किया है –

एक बार कुछ अन्धे हाथी देखने गए। हाथी के पास पहुंचकर एक ने हाथी की सूंड़ को टटोलते हुए कहा अरे, हाथी तो – अजगर जैसा होता है। दूसरे ने पैर को पकड़ते हुए कहा – नहीं भाई, हाथी तो खम्भे की तरह होता है। तीसरे ने हाथी के धड़ को पकड़ते हुए कहा – हाथी न तो अजगर की तरह होता है और न खम्भे की तरह, बल्कि दीवार की तरह होता है। चौथे ने कान को पकड़ते हुए कहा – हाथी न तो अजगर की तरह होता है, न खम्भे की तरह और न ही दीवार की तरह, हाथी तो सूप की तरह; होता है। जिस व्यक्ति ने हाथी की पूंछ पकड़ रखी थी उसने अन्य सभी की बात को काटते हुए कहा कि भाई, आप लोगों को पता नहीं, हाथी तो रस्सी की तरह होता है।

कोई आंखों वाला व्यक्ति, जो समीप ही खड़ा हुआ था, अन्धों के इस सब व्यापार को देख रहा था और वार्तालाप को सुन रहा था, उसने

सभी को सम्बोधित करते हुए कहा, आप लोगों ने हाथी के एक-एक अंग को पकड़ रखा है और उसी अंग को हाथी समझ बैठे हैं। हाथी तो इन सभी अंगों को मिलाकर बना है। हाथी की सूंड़ अजगर की तरह है, पैर खम्भे की तरह हैं, धड़ दीवार की तरह है, कान सूप की तरह हैं और पूंछ रस्सी की तरह है। इस सबको मिलाकर हाथी का पूर्ण स्वरूप बनता है। यदि आपमें से कोई भी व्यक्ति या प्रत्येक व्यक्ति अपनी-अपनी बात पर हठ करे कि हाथी का जो स्वरूप उसने कहा है वही वास्तविक स्वरूप है, तो उससे कभी भी हाथी के स्वरूप को नहीं समझा जा सकता। अपने उस ज्ञान के आधार पर यदि वह हाथी खोजने चले, तो उसे कभी भी हाथी प्राप्त नहीं हो सकता है।

वस्तु-स्वरूप को प्रतिपादित करने के लिए यह उदाहरण बहुत स्पष्ट विवरण देता है। प्रत्येक वस्तु अनन्त धर्म वाली है। अर्थात हर वस्तु को समझने के लिए उसके अनन्त धर्मों को समझना आवश्यक है। एक बार में वस्तु के एक पहलू को जानकर उसका प्रतिपादन किया जाता है। उसे वस्तु की पूर्ण परिभाषा नहीं माना जा सकता। इसलिए यह आवश्यक है कि जिस समय वस्तु के स्वरूप का प्रतिपादन किया जाए, उस समय मन में यह बात बहुत ही स्पष्ट होनी चाहिए कि जो वह कह रहा है, वह एक दृष्टि-विशेष से सही है, दूसरी दृष्टि से उसका प्रतिपादन दूसरे ढंग से हो सकता है।

प्रत्येक वस्तु अनन्त धर्मात्मक है। उसके स्वरूप का कथन करने के लिए व्यापक दृष्टि आवश्यक है। क्योंकि एक बार में एक ही दृष्टि से वस्तु-स्वरूप का प्रतिपादन किया जा सकता है। वस्तु में ये अनन्त धर्म परस्पर सापेक्ष भाव से सदा विद्यमान रहते हैं। उनमें परस्पर विरोध की स्थिति नहीं आती। उदाहरण के लिए मोहन एक व्यक्ति है। वह अपने पिता की अपेक्षा पुत्र है। वही अपने पुत्र की अपेक्षा पिता, भानजे की अपेक्षा मामा और बहन की अपेक्षा भाई भी है। इसी प्रकार के अन्य

अनेक सम्बन्धों का व्यवहार उसके लिए हो सकता है। वास्तव में मोहन एक ही व्यक्ति है। यदि भिन्न-भिन्न सम्बन्ध रखने वाले व्यक्ति आग्रहपूर्वक अपनी बात पर हठ करने लगें, तो परस्पर विवाद पैदा हो सकता है। यदि वह इस अपेक्षा दृष्टि को समझ लें तो विवाद की कहीं गुंजाइश नहीं।

स्याद्वाद की भाषा

भगवान महावीर ने कहा कि अनेकान्त मूलक विचार के लिए स्याद्वाद की भाषा आवश्यक है। बिना उसके किया गया वस्तु का प्रतिपादन,एकान्त आग्रहयुक्त हो जाता है। इसलिए जिस समय वस्तु के किसी एक पक्ष का प्रतिपादन किया जाए उसी दृष्टि को सामने रखना चाहिए। जिस प्रकार दही बिलोती हुई ग्वालिन नवनीत निकालने के लिए मथानी को इस प्रकार चलाती है कि जब वह एक हाथ की रस्सी को अपनी ओर खींचती है तो दूसरे हाथ की रस्सी को ढीला छोड़ देती है और जब उस हाथ की रस्सी को खींचती है तो दूसरे हाथ की रस्सी को। इस बात को निम्न प्रकार कहा गया है –

एकेनाकर्षन्ति श्लथयन्ति वस्तुतत्त्वमितरेण।
अन्तेन जयति जैनी नीतिर्मन्थननेत्रमिव गोपी।

सप्तभंगी का व्यवहार

अनेकान्त विचार के लिए स्याद्वाद की भाषा का प्रयोग करते समय वस्तु-स्वरूप का कथन करने के लिए जो वचन व्यवहार होता है, उसे सप्तभंगी कहते हैं। सात भंग या प्रकार होने के कारण इसे सप्तभंगी सिद्धान्त कहा जाता है। वे सात भंग इस प्रकार हैं –

1. स्यादस्ति, 2. स्यान्नास्ति, 3. स्यादस्तिनास्ति, 4. स्यादवक्तव्य, 5. स्यादस्ति अवक्तव्य, 6. स्यान्नास्ति अवक्तव्य, 7. स्यादस्तिनास्ति अवक्तव्य।

अर्थात प्रत्येक वस्तु अपने स्वरूप की अपेक्षा अस्ति रूप है। वही दूसरे के स्वरूप की अपेक्षा नास्ति रूप है। यदि दोनों को मिलाकर कहा जाए तो वह अस्तिनास्ति उभय रूप है। दोनों का एकसाथ कहना सम्भव नहीं है, इसलिए वह अवक्तव्य रूप है। अपने स्वरूप की अपेक्षा अस्ति रूप तथा उभय स्वरूप के कथन करने की स्थिति न होने के कारण अवक्तव्य, इस प्रकार अस्ति अवक्तव्य है। इसी तरह पर स्वरूप की अपेक्षा नास्ति रूप तथा उभय स्वरूप को एक-साथ कथन करने की स्थिति न होने के कारण अवक्तव्य रूप, इस प्रकार वस्तु नास्ति अवक्तव्य स्वरूप है। स्व स्वरूप की अपेक्षा अस्ति रूप, परस्वरूप की अपेक्षा नास्ति रूप तथा उभय को एक-साथ कहने की स्थिति न होने के कारण अवक्तव्य, इस प्रकार वस्तु अस्तिनास्ति अवक्तव्य है।

स्याद्वाद के इस सिद्धान्त को सही ढंग से न समझने के कारण कुछ प्राचीन तथा कुछ बाद के विद्वानों ने इसे संशयवाद आदि कहकर दुर्व्याख्या की। वास्तव में स्याद्वाद सिद्धान्त को समझने के लिए वस्तु के अनेकान्तात्मक स्वरूप को समझ लेने के बाद कोई कठिनाई नहीं रह जाती।

जीवन में अनेकान्त

जीवन में अनेकान्तिक दृष्टि संघर्षों को टालती है। विचारों में अनेकान्त और भाषा में स्याद्वाद का प्रयोग करने वाला व्यक्ति कभी दूसरे के विचार का अनादर नहीं करता। क्योंकि वह इस बात को समझता है कि जिस दृष्टि-विशेष को लेकर वह व्यक्ति अपनी बात कह रहा है, उस दृष्टि से वह ठीक है। यह अवश्य है कि उसका उतना कहना पर्याप्त नहीं है।

इस प्रकार विचारों में अनेकान्त और व्यवहार में स्याद्वाद की भाषा का प्रयोग व्यक्ति के आचरण को भी मर्यादित और व्यवस्थित बना देता है।

महावीर ने कहा कि वस्तुतथ्य को समझने के दो तरीक़े हो सकते हैं – एक तो वस्तु के स्वरूप को समग्र रूप से जानने वाला और दूसरा आंशिक रूप से जाननेवाला। पहले को प्रमाण और दूसरे को नय कहा जाता है। प्रमाण वस्तु-स्वरूप को समग्र रूप से ग्रहण करता है। प्रमाणमीमांसा के सन्दर्भ में शास्त्रों में इसका विस्तार से विवेचन किया गया है।

नय मूलतः दो प्रकार के हैं – एक द्रव्यार्थिक, दूसरा पर्यायार्थिक। द्रव्यार्थिक नय वस्तुस्वरूप को द्रव्य दृष्टि से ग्रहण करता है। पर्यायार्थिक पर्यायों की अपेक्षा ग्रहण करता है।

ये नय मुख्य रूप से सात प्रकार के हैं –

1. नैगम, 2. संग्रह, 3. व्यवहार, 4. ऋजुसूत्र, 5. शब्द, 6. समभिरूढ़, 7. एवंभूत।

इन सात नयों में प्रथम तीन द्रव्यार्थिक और शेष चार पर्यायार्थिक हैं। पर्यायार्थिक नय पर्यायों को ध्यान में रखकर उसके स्वरूप का कथन करते हैं।

जीवन की आचारसंहिता

विचारमूलक आचार के लिए भगवान महावीर ने जो आचारसंहिता दी, उसके प्रथम चरण में पांच व्रत हैं। वे इस प्रकार हैं –

1. अहिंसा, 2. सत्य, 3. अस्तेय, 4. ब्रह्मचर्य, 5. अपरिग्रह।

पहले बताया गया है कि भगवान महावीर ने चार प्रकार के संघ की व्यवस्था की थी। ये पांच व्रत उस सम्पूर्ण संघ-व्यवस्था के लिए

आचारसंहिता प्रदान करते हैं। आचार के विकास क्रम के अनुसार इनकी मर्यादाएं बढ़ती जाती हैं। गृहस्थ अथवा श्रावक अहिंसा इत्यादि का सम्पूर्ण रूप से निर्वाह नहीं कर सकता, क्योंकि दैनन्दिन जीवन में ही अनेक ऐसे प्रसंग आते हैं, जहां वह हिंसा आदि से बच नहीं पाता। उदाहरण के लिए स्नान, भोजन आदि में सूक्ष्म जीवों की जो हिंसा होती है, उससे गृहस्थ बच नहीं सकता। इसी प्रकार अपनी आजीविका के लिए किए गए उद्योग-प्रयत्नों में जो हिंसा आदि होती है, इससे भी वह बच नहीं पाता है। इसलिए इन व्रतों को अणु और महा की दो संज्ञाओं में बांधा गया। मुनि या साधु के लिए इन्हीं व्रतों का महाव्रत के रूप में पालन करना आवश्यक है। गृहस्थ इन्हें अणुव्रतों के रूप में पालन करता है। इस प्रकार ये पांचों व्रत महाव्रत तथा अणुव्रत दो नामों से अभिहित होते हैं।

इन व्रतों का पालन किसी भी जाति या कुल में उत्पन्न व्यक्ति कर सकता है। वर्ग-विशेष या जाति-विशेष के लिए, इनका विधान नहीं है। यही कारण है कि महावीर के शिष्य उस समय की हर जाति के स्त्री-पुरुष बने। एक ओर जहां चांडाल और दास वर्ग के लोग उनके शिष्य बने, वहीं इन्द्रभूति गौतम जैसे ब्राह्मण तथा राजा श्रेणिक जैसे क्षत्रिय भी उनके शिष्य बने।

सामाजिक जीवन का आधार अणुव्रत

सुसंस्कृत और सुव्यवस्थित सामाजिक जीवन के लिए अणुव्रत आधारभूमि है। अणुव्रती का जीवन स्वशासित होता है। उसकी प्रत्येक प्रवृत्ति विचारपूर्वक होती है, वह उचित-अनुचित और हेय-उपादेय का विचार करके काम करता है। अहिंसा, सत्य, अचौर्य, ब्रह्मचर्य और अपरिग्रह की मर्यादाओं को स्वीकार करने के कारण हर समय वह ध्यान रखता है कि वह जिन व्रतों का पालन कर रहा है, उनके विरुद्ध कोई कार्य न करे।

अहिंसाणुव्रत का पालन करने वाला इस बात तक का ध्यान रखता है कि उसके अधीन रहने वाले परिजन या सेवकवर्ग अथवा पशु, पक्षी को किसी प्रकार का कष्ट न हो। उन्हें समय पर भोजन-पान मिले। शक्ति से अधिक काम न लिया जाए। पशुओं पर उनकी सामर्थ्य से अधिक बोझ न लादा जाए। उन्हें मारा-पीटा न जाए।

सत्याणुव्रत का पालन करने वाला गृहस्थ दूसरे की कोई गुप्त बात मालूम हो जाने पर भी, उसे प्रकट नहीं करता। झूठे दस्तावेज़ नहीं लिखता। दूसरों के द्वारा रखकर भूले हुए धरोहर आदि को नहीं हड़पता। चेष्टा आदि से दूसरों के अभिप्राय को जानकर ईर्ष्यावश उन्हें प्रकट नहीं करता।

अचौर्य अणुव्रत का पालन करने वाला व्यक्ति चोरी करने की क्रियाओं से स्वयं विरक्त होता है। वह दूसरों को चोरी करने की प्रेरणा भी नहीं देता। न दूसरों से प्रेरणा कराता है। चोरी की वस्तुओं को नहीं ख़रीदता। राज्य द्वारा निश्चित की गई मर्यादाओं का निर्वाह करता है। युद्ध, अकाल आदि की स्थिति में जीवन के उपयोग की सामग्री को कम, अधिक मूल्य पर बेचने-ख़रीदने का काम नहीं करता। मुनाफ ख़ोरी नहीं करता। नापने-तोलने के मापों को सही रखता है। अच्छी वस्तु में घटिया वस्तु मिलाकर नहीं बेचता।

ब्रह्मचर्य अणुव्रत का पालन करने वाला व्यक्ति वेश्या और परस्त्री से विरत होता है। अनंगक्रिया और कामतीव्राभिनिवेश से भी अपने को बचाता है।

अपरिग्रह अणुव्रत का पालन करने वाला व्यक्ति जीवन के उपयोग की सामग्री का परिमाण निश्चित करता है। उससे अधिक सामग्री का संचय नहीं करता।

इस प्रकार हम देखें कि सामाजिक जीवन को व्यवस्था देने की दृष्टि से अणुव्रतों के आचरण का कितना महत्त्व है।

सामाजिक जीवन के विषय में महावीर ने यह चिन्तन दिया कि व्यक्ति समाज की प्रमुख इकाई है, इसलिए व्यक्ति के निर्माण पर बल देना चाहिए। यदि प्रत्येक व्यक्ति सुसंस्कृत और स्वशासित होगा तो समाज स्वयमेव सुसंस्कृत और सुव्यवस्थित हो जाएगा। सामाजिक जीवन की विषमता और कठिनाइयां तभी तक रहती हैं, जब तक व्यक्ति अपने निर्माण को भूलकर मात्र दूसरे से अपेक्षा करता है कि वह सभी बातों का ध्यान रखे। अणुव्रती समाज व्यवस्था में सामाजिक जीवन के लिए पृथक आचारसंहिता की अपेक्षा नहीं रहती। प्रत्येक व्यक्ति स्वयं ही समस्त मर्यादाओं का ध्यान रखता है।

वर्गविहीन समाज

भगवान महावीर ने अणुव्रती समाज की जो परिकल्पना दी, उसमें वर्गभेद नहीं रहता। सभी व्यक्ति अपनी-अपनी वृत्ति और कार्यों का निर्वाह बिना किसी नीच-ऊंच के विचार मन में लाए, सहज रूप से करते हैं। जो जिस कार्य को करता है, वह उसे पूरी निष्ठा के साथ करता है। किसी कुल-विशेष या जाति-विशेष में जन्म लेने के कारण, न तो वह उस कुल में परम्परा से चले आए कार्यों को अनिवार्य रूप से करने के लिए बाध्य है और न ही उन कार्यों को करने की स्थिति में न होने पर भी लेने मात्र से उनका अधिकारी।

महावीर ने कहा कि ब्राह्मण, क्षत्रिय, वैश्य, शूद्र – इस प्रकार का वर्गभेद मानना ही ग़लत है। सम्पूर्ण मनुष्य-जाति एक है। यह तो कहा जा सकता है कि मनुष्य की जाति पशु-पक्षियों से भिन्न है। पशुओं की जाति पक्षियों से भिन्न है। इस प्रकार पशु-पक्षियों और मनुष्यों की जाति अलग-अलग है। किन्तु मनुष्य-मनुष्य में जाति-भेद और वर्ग-भेद करना

उचित नहीं है। जिस प्रकार पशुओं में गाय, भैंस, घोड़ा, हाथी, सिंह, शूकर आदि का भेद दिखाई देता है, उस प्रकार मनुष्यों में भेद नहीं किया जा सकता है। इसलिए कार्य के आधार पर सामाजिक जीवन की व्यवस्था माननी चाहिए, किसी कुल या जाति विशेष में जन्म लेने के आधार पर नहीं।

व्यक्तित्व-विकास की भूमिका

सामाजिक जीवन में अणुव्रतों का पालन करने वाला व्यक्ति जब अपने व्यक्तित्व-विकास की ओर उन्मुख होता है, तो वह अपने व्रतों की मर्यादाओं को और बढ़ाता जाता है। पांच अणुव्रतों के साथ वह सात अन्य व्रत भी स्वीकार करता है, जिन्हें गुणव्रत और शिक्षाव्रत कहा गया है। वे व्रत इस प्रकार हैं –

गुणव्रत – 1. दिग्व्रत, 2. देशव्रत, 3. अनर्थदंडव्रत।

शिक्षाव्रत – 1. सामायिक, 2. प्रोषधोपवास, 3. भोगोपभोग परिमाण, 4. अतिथि संविभाग।

निवृत्तिमूलक प्रवृत्ति

बारह व्रत स्वीकार करने के बाद व्यक्ति अपने-आपको सामाजिक परिवेश से समेटने लगता है और आत्मोन्मुख होता जाता है। वह जो भी प्रवृत्ति करता है, उसके सम्बन्ध में इस बात की सावधानी रखता है कि उसकी वह प्रवृत्ति आत्मकल्याण के लिए कितनी उपयोगी है। दैनन्दिन क्रिया से लेकर आजीविकोपार्जन आदि के लिए किए जा रहे उद्योग इत्यादि में भी वह इस बात का ध्यान रखता है कि वह धीरे-धीरे अणुव्रत से महाव्रत की ओर अग्रसर होने का प्रयत्न करता है। महाव्रती बनने के लिए वह एक-एक सीढ़ी ऊपर चढ़ता है अर्थात क्रम-क्रम से अपना विकास करता चलता है।

आत्मविकास की इन सीढ़ियों को 'प्रतिमाएं' कहा गया है। ये प्रतिमाएं ग्यारह इस प्रकार हैं –

1. दर्शन, 2. व्रत, 3. सामायिक, 4. प्रौषधोपवास, 5. सचित्तविरत, 6. दिवामैथुनविरत, 7. ब्रह्मचर्य, 8. आरम्भविरत, 9. परिग्रहविरत, 10. अनुमतिविरत, 11. उदिष्ट विरत।

साहित्य में इन ग्यारह प्रतिमाओं का विस्तार से वर्णन किया गया है। अणुव्रती श्रावक पाक्षिक से नैष्ठिक, नैष्ठिक से साधक श्रावक की भूमिका की ओर बढ़ता जाता है। जिस प्रकार वह बाह्य आचरण में आगे बढ़ता है, उसी प्रकार आत्मगुणों का भी विकास करता जाता है।

धर्म, अर्थ और काम की मर्यादाएं

धर्म, अर्थ, काम और मोक्ष, ये पुरुषार्थ माने गए हैं। महावीर ने कहा कि यदि धर्म, अर्थ और काम परस्पर विरोध के बिना मर्यादित रूप में भोगे जाते हैं, तो मोक्ष की प्राप्ति सहज हो जाती है। एक भी पुरुषार्थ यदि अमर्यादित ढंग से भोगा गया तो अन्तिम पुरुषार्थ की ओर बढ़ना कठिन हो जाता है। इसलिए बारह व्रतों के माध्यम से महावीर ने धर्म, अर्थ और काम तीनों की मर्यादाएं बांधीं। उन मर्यादाओं में और अधिक दृढ़ता लाने के लिए क्रमिक विकास की ग्यारह भूमिकाओं का निर्देश किया।

जैसे-जैसे श्रावक आगे बढ़ता जाता है, उसकी साधना के चरण भी आगे की ओर बढ़ते जाते हैं। श्रावक की भूमिका पूरी करने के बाद वह साधु-जीवन में प्रवेश करता है। साधु-जीवन में प्रवेश करते ही आन्तरिक गुणों के विकास की गति तीव्र से तीव्रतर होती चली जाती है। वह कर्मबन्धन को रोकने के लिए संवर की साधना करता है। संचित कर्मों से मुक्ति पाने के लिए कठोर तपस्या करता है।

इस साधना के लिए तीन गुप्ति, पांच समिति, दस धर्म, बारह अनुप्रेक्षा, बाईस परीषहजय तथा पांच चारित्र के पालन करने का निर्देश दिया गया है। आचार-विषयक ग्रन्थों में इनका विस्तार से विवेचन किया गया है। इस प्रकार साधक तपस्या का वह मार्ग अंगीकार कर लेता है, जो महावीर ने स्वयं स्वीकार किया था। वह भी महावीर की तरह सम्पूर्ण परिग्रह छोड़कर कठोर साधना और आत्मचिन्तन में लग जाता है।

साधना और आत्मचिन्तन में जैसे-जैसे साधक अग्रसर होता है, उसके आस्रव और बंध रुकते चले जाते हैं। पूर्वसंचित कर्मों की निर्जरा होने लगती है। वह आत्मा से परमात्मा बनने की ओर बढ़ चलता है।

परमात्मस्वरूप की प्राप्ति

परमात्मा बनने की इस प्रक्रिया में आत्मा के गुणों का विकास जिस क्रम से और जिस प्रकार होता है, उसे गुणस्थान कहा गया है। गुणस्थान चौदह हैं। आत्मविकास की ये चौदह सीढ़ियां हैं। चौदहवें गुणस्थान तक पहुंचते-पहुंचते साधक पूर्ण परमात्मस्वरूप को प्राप्त हो जाता है। यह साधु-जीवन की चरम उपलब्धि है। यहां पहुंचकर जीव सब प्रकार के कर्मबन्धन से छूटकर अपने अनन्त गुणयुक्त शुद्ध स्वरूप को प्राप्त हो जाता है।

भगवान महावीर के चिन्तन और उपदेशों का यह संक्षिप्त सार है। महावीर का चिन्तन व्यक्ति-मात्र के लिए था। इसलिए उनके जीवन-काल में भी प्रत्येक वर्ग के व्यक्ति ने उसे स्वीकार किया। उनके उपदेशों का व्यापक रूप किसी परिधि में नहीं बांधा जा सकता।

महावीर ने तो यह भी कहा था कि प्रत्येक जीव, जो मनुष्य के सिवा अन्य योनि में भी हैं, वे भी अपना क्रमशः आत्मिक विकास करके, एक दिन परमात्मस्वरूप को प्राप्त हो सकते हैं। परमात्मस्वरूप

को प्राप्त करने की यह साधना मनुष्य के एक जन्म में भी पूरी हो सकती है और अनेक जन्मों में भी। सम्यक दर्शन, सम्यक ज्ञान, सम्यक चारित्र, रूप रत्नत्रय को जो जीव जितने जल्दी प्राप्त कर लेता है, वह उतने ही शीघ्र परमात्मस्वरूप को प्राप्त करता है।

विरासत

भगवान महावीर के निर्वाण के बाद पच्चीस सौ वर्ष होने को आए। उनके बाद उनकी शिष्य परम्परा अक्षुण्ण रूप से अब तक चली आ रही है। इन पच्चीस सौ वर्षों में भगवान महावीर के चिन्तन को और अधिक व्यापकता प्राप्त हुई है। महावीर की चिन्तन-परम्परा ने भारत के सांस्कृतिक इतिहास को समग्र रूप से प्रभावित किया है। सांस्कृतिक विरासत के रूप में इस परम्परा की इतनी अधिक सामग्री उपलब्ध है कि थोड़े में उस सबका नामोल्लेख भी नहीं किया जा सकता। यहां उसके विषय में जो जानकारी प्रस्तुत है, उससे उस विरासत का आभास मिलेगा।

महावीर की विरासत को हम निम्नलिखित मुख्य शीर्षकों के अन्तर्गत प्रस्तुत करेंगे –

1. साहित्य, 2. शिल्प और कला निर्मितियां, 3. जीवन्त परम्परा, 4. सांस्कृतिक परम्पराओं का संरक्षण, 5. युग के सन्दर्भ में महावीर का चिन्तन।

साहित्य

महावीर के उपदेशों का संकलन उनके शिष्य गणधरों ने बारह भागों में वर्गीकृत किया है। यह साहित्य 'द्वादशांग' के नाम से जाना जाता है। बारहवें अंग में महावीर की पूर्व-परम्परा का चिन्तन भी संकलित था। यह द्वादशांग महावीर के बाद सैकड़ों वर्षों तक श्रुत-परम्परा द्वारा सुरक्षित चला आया। धीरे-धीरे यह परम्परा समाप्त होने लगी। तब द्वादशांगों को लिपिबद्ध करने के प्रयत्न हुए। महावीर के बाद लगभग एक हज़ार वर्षों में इस अंग साहित्य के संरक्षण के अनेक प्रयत्न हुए। पाटलिपुत्र, मथुरा, वलभि में ग्यारह अंगों का संकलन किया गया। पूर्वों का ज्ञान इस समय तक लगभग समाप्त हो चुका था। इसलिए बारहवें अंग का संकलन नहीं हो सका। महावीर के निर्वाण के लगभग सात शताब्दियों बाद हुए आचार्य धरसेन को द्वितीय पूर्व के कुछ विशेष अधिकारों का ज्ञान था। उसे उन्होंने आचार्य पुष्पदन्त और भूतबलि को प्रदान किया। उन दोनों आचार्यों ने उस ज्ञान के आधार पर षट्खंडागम सूत्र की रचना की।

महावीर के बाद ग्यारह अंग जब लिपिबद्ध हुए, तब तक उसका मूल रूप पूरी तरह से ज्यों-का-त्यों नहीं रह गया था। इस कारण एक परम्परा इस उपलब्ध अंग साहित्य को मूल द्वादशांग नहीं मानती।

उक्त अंग साहित्य के अतिरिक्त अन्य जिन ग्रन्थों में भगवान महावीर के सिद्धान्तों का संकलन हुआ, उसे अंगबाह्य कहा जाता है। अंगबाह्य साहित्य चौदह प्रकार का बताया गया है। एक परम्परा के अनुसार अंग साहित्य की तरह यह भी मूल रूप में अप्राप्य हो गया है। दूसरी परम्परा के अनुसार उपलब्ध बारह उपांग, छह छेदसूत्र, चार मूल सूत्र, दस प्रकीर्णक तथा दो चूलिका सूत्र के अन्तर्गत अंगबाह्य साहित्य आ गया है।

वर्तमान में उपलब्ध पैंतालीस आगम ग्रन्थ इस प्रकार हैं –

ग्यारह अंग – 1. आचारांग, 2. सूत्रकृतांग, 3. स्थानांग, 4. समवायांग, 5. भगवती व्याख्याप्रज्ञप्ति, 6. ज्ञाताधर्मकथा, 7. उपासकाध्ययन, 8. अन्तकृतदशा, 9. अनुत्तरोपातिकदशा, 10. प्रश्नव्याकरणसूत्र, 11. विपाकसूत्र।

बारह उपांग – 1. औपपातिक, 2. राजप्रश्नीय, 3. जीवाभिगम, 4. प्रज्ञापना, 5. सूर्यप्रज्ञप्ति, 6. जम्बूद्वीपप्रज्ञप्ति, 7. चन्द्रप्रज्ञप्ति, 8. निरयावली, 9. कल्पावतंसिका, 10. पुष्पिका, 11. पुष्पचूलिका, 12. वृष्णिदशा।

दस प्रकीर्णक – 1. चतुःशरण, 2. आतुरप्रत्याख्यान, 3. भक्तपरिज्ञा, 4. संस्तारक, 5. तन्दुलवैचारिक, 6. चन्द्रवेध्यक, 7. देवेन्द्रस्तवन, 8. गणिविद्या, 9. महाप्रत्याखान, 10. वीरस्तव।

छह छेदसूत्र – 1. निशीथ, 2. महानिशीथ, 3. व्यवहार, 4. दशाश्रुतस्कन्ध, 5. बृहत्कल्प, 6. जीतकल्प।

चार मूल सूत्र – 1. उत्तराध्ययन, 2. दशवैकालिक, 3. आवश्यक, 4. पिंडनिर्युक्ति।

दो चूलिका सूत्र – 1. नन्दीसूत्र, 2. अनुयोगद्वार।

भगवान महावीर ने उस समय की प्रचलित लोकभाषा अर्द्धमागधी में अपने उपदेश दिए थे। उपर्युक्त सम्पूर्ण साहित्य इसी अर्द्धमागधी में लिखा गया है।

उपर्युक्त साहित्य पर अनेक व्याख्या ग्रन्थ लिखे गए, जिन्हें निर्युक्ति, चूर्णि, भाष्य और टीकाएं कहा जाता है।

महावीर के उपदेशों तथा महावीर की पूर्व-परम्परा के चिन्तन को आधार बनाकर आचार्यों ने स्वतन्त्र ग्रन्थों की भी रचना की है। इस

प्रकार की रचनाओं में सर्वप्रथम दो नाम आते हैं – 1. षट्खंडागम, 2. षखंडागम टीका। षट्खंडागम कर्म-सिद्धान्त का एक विशालकाय एवं महत्त्वपूर्ण ग्रन्थ है। आचार्य पुष्पदन्त और भूतबलि ने सूत्र रूप में इसकी रचना की थी। यह ग्रन्थ भी महावीर के समय की प्रचलित भाषा शौरसेनी में लिखा गया है। बाद में आचार्य वीरसेन ने इस पर विस्तृत टीका लिखी। इस टीका से ज्ञात होता है कि आचार्य वीरसेन के समक्ष कर्मसाहित्य विपुल मात्रा में उपलब्ध था, जो अब प्राप्त नहीं होता। आचार्य वीरसेन की इस टीका का प्रमाण बहत्तर हज़ार श्लोकों के बराबर अनुमान किया जाता है। यह ग्रन्थ महाबन्ध, धवला तथा जयधवला के नाम से प्रकाशित हो रहा है। धवला के सोलह भाग, जयधवला के नौ भाग तथा महाधवला या महाबन्ध के सात भाग प्रकाशित हो चुके हैं। जयधवला का कुछ भाग अभी शेष है, जिसका प्रकाशन-कार्य चल रहा है।

भगवान महावीर ने लोकभाषा में उपदेश दिए थे। उनकी इस परम्परा का निर्वाह करते हुए बाद के आचार्यों ने भी भारत की विभिन्न लोकभाषाओं में हज़ारों की संख्या में ग्रन्थ लिखे। भाषा की दृष्टि से संस्कृत, प्राकृत, अपभ्रंश, राजस्थानी, गुजराती, कन्नड़, तमिल आदि भाषाओं में लिखित हज़ारों ग्रन्थ अब भी उपलब्ध होते हैं।

जैन आचार्यों ने किसी एक ही विषय पर नहीं लिखा प्रत्युत धर्म और दर्शन के सिद्धान्तों का प्रतिपादन करने वाले साहित्य के अतिरिक्त काव्य, छन्द, अलंकार, व्याकरण, ज्योतिष, आयुर्वेद, राजनीति आदि विभिन्न विषयों पर ग्रन्थ-रचना की। उन सबका नामोल्लेख करना भी यहां सम्भव नहीं है। कुछ प्रमुख ग्रन्थ इस प्रकार हैं –

दार्शनिक ग्रन्थ – प्रवचनसार, समयसार, पंचास्तिकाय, नियमसार, अष्टपाहुड, तत्त्वार्थसूत्र, आप्तमीमांसा, युक्तयनुशासन, जिनशतक, स्तुतिविद्या, सन्मतितर्क, न्यायावतार, नयचक्र, न्यायविनिश्चय, प्रमाणसंग्रह,

लघीयस्त्रय, सिद्धिविनिश्चय, अष्टशती, तत्त्वार्थवार्तिक, आप्तपरीक्षा, प्रमाणपरीक्षा, पत्रपरीक्षा, सत्यशासनपरीक्षा, तत्त्वार्थश्लोकवार्तिक, अष्टसहस्री, परीक्षामुख, प्रमेयकमल- मार्तंड, न्यायकुमुदचन्द्र, प्रमेयरत्नमाला, प्रमाणनयतत्त्वालोकालंकार, अनेकान्तवादप्रवेश, अनेकान्तजयपताका, सप्तभंगीतरंगिणी, प्रमाणमीमांसा, जैन तर्कभाषा आदि।

आचार-विषयक – मूलाचार, भगवतीआराधना, धर्मामृत, रत्नकरंडश्राव-काचार, चारित्रसार, आचारशास्त्र, श्रावकप्रज्ञप्ति, वसुनन्दिश्रावकाचार, अमितगति- श्रावकाचार आदि।

व्याकरण ग्रन्थ – जैनेन्द्रव्याकरण, शाक्टायनव्याकरण, सिद्धहेमव्याकरण, कातन्त्रव्याकरण, शब्दानुशासन, प्राकृत व्याकरण आदि।

पुराण और काव्य – महापुराण, पद्मपुराण, हरिवंशपुराण, कुवलयमाला, यशस्तिलक, तिलकमंजरी, उपमितिभवप्रपंच कथा आदि।

इसी प्रकार अन्य विधाओं का साहित्य प्रचुर मात्रा में उपलब्ध है। इस लघुकाय पुस्तिका में उस सबका परिचय देना शक्य नहीं है।

साहित्य-संरक्षण

साहित्य का निर्माण करने के साथ-साथ निर्मित साहित्य को सुरक्षित रखने के लिए साहित्य-लेखन-काल से ही पूरे प्रयत्न किए गए। ताड़पत्रों पर लिखे ग्रन्थ हज़ारों वर्षों के बाद अब भी सुरक्षित अवस्था में उपलब्ध होते हैं। उत्तर तथा दक्षिण भारत में इस प्रकार के शास्त्र-भंडार अब भी मौजूद हैं, जहां हज़ारों की संख्या में प्राचीन शास्त्र उपलब्ध हैं। यह मात्र भगवान महावीर की परम्परा की दृष्टि से नहीं प्रत्युत सम्पूर्ण भारतीय साहित्य की दृष्टि से महत्त्वपूर्ण बात है कि महावीर के अनुयायियों ने न केवल महावीर के सिद्धान्तों के ग्रन्थ प्रत्युत भारतीय विद्वानों द्वारा लिखे गए ग्रन्थ भी शास्त्र-भंडारों में सुरक्षित रखे।

शिल्प और कला निर्मितियां

भगवान महावीर ने जिन सैद्धान्तिक मान्यताओं का प्रतिपादन किया था, उसे बाद के पच्चीस सौ वर्षों में विविध प्रकार से शिल्प में उतारा गया है। जीवन के लिए उन्होंने जो आचारसंहिता दी थी, उसका शिल्प के निर्माण में बहुत बड़ा योगदान रहा। श्रावक के लिए छः दैनिक आवश्यक कार्य बताए गए हैं – देवपूजा, गुरु की उपासना, स्वाध्याय, संयम, तप और दान। इन छः कार्यों का शिल्प के निर्माण में बहुत बड़ा योगदान रहा है। देवपूजा की प्रेरणा ने व्यक्ति को मूर्ति और मन्दिर निर्माण की ओर प्रेरित किया। गुरु की उपासना के लिए गुरुकुल, मठ तथा गुफाएं आदि बनाई गईं। स्वाध्याय के लिए साहित्य रचा गया। उसके संरक्षण और अध्ययन के लिए स्वाध्यायमन्दिर तथा ग्रन्थागार बनाए गए। संयम और तप की साधना के लिए तपोवन या तप करने योग्य अन्य स्थानों का निर्माण किया गया। दान की प्रवृत्ति ने सत्रागार, सभाभवन, औषधालय, अतिथिशाला, पुष्पोद्यान, वापिका, कूप आदि समाज के लिए आवश्यक निर्माणों की ओर प्रवृत्त किया। सम्पूर्ण भारतवर्ष में, ये शिल्प और कला निर्मितियां इतनी प्रचुर मात्रा में उपलब्ध हैं कि उनका सामान्य लेखा-जोखा भी यहां नहीं किया जा सकता। केवल आभास-भर देने के लिए यहां संक्षेप में लिखा जाएगा।

सैद्धान्तिक मान्यताओं का शिल्पांकन

भगवान महावीर ने विश्व या जगत के सम्बन्ध में जो मान्यता दी थी, उसका शिल्प में अंकन किया गया है। इसी प्रकार सभ्यता के विकास-युग की जो परम्परा भगवान महावीर के शिष्यों को प्राप्त हुई, उसे भी कलाकारों द्वारा शिल्प में उतारा गया है। भोगभूमि, कल्पवृक्ष, चैत्यवृक्ष षट्लेश्यादर्शन, मधुबिन्दु आदि का अंकन इसी प्रकार के शिल्प के अन्तर्गत आता है। मधुबिन्दु तथा षट्लेश्याओं का अंकन इस प्रकार दिखाया जाता है –

मधुबिन्दु दृष्टान्त

एक व्यक्ति हाथी के भय से बचने के लिए भागता जा रहा है। हाथी उसका पीछा कर रहा है। बचने का अन्य कोई उपाय न देख वह पेड़ पर चढ़ जाता है। हाथी आकर ग़ुस्से से पेड़ को झकझोरता है। घबराहट में वह व्यक्ति भागना चाहता है, किन्तु एक टहनी से लटककर रह जाता है। ऊपर एक मधु का छत्ता लगा हुआ है। नीचे गहरा कुआं है, जिसमें चार भयंकर सांप लपलपाती जीभें निकाले हुए ऊपर को मुंह किए हैं। जिस डाल को उस व्यक्ति ने पकड़ रखा है, उसको एक सफ़ेद और एक काला चूहा काट रहा है। हाथी द्वारा पेड़ हिलाए जाने से मधु की एक बूंद उस व्यक्ति के मुंह में गिरती है। इसी समय कोई विद्याधर आकाश-मार्ग से उधर निकलते हैं। विद्याधर की पत्नी करुणापूर्वक उस आदमी को बचाकर अपने विमान में ले चलने को अपने पति से कहती है। उसके इस अनुरोध पर विद्याधर उस व्यक्ति को वस्तुस्थिति समझाते हुए अपने साथ चलने के लिए कहता है। किन्तु वह व्यक्ति बार-बार यही कहता है कि थोड़ी देर ठहरो, एक बूंद मधु और मुंह में पड़ने दो और उसका आनन्द ले लेने दो। अन्ततः मधु के मोह में वह व्यक्ति विद्याधर के साथ नहीं जाता।

इस कथा के अभिप्राय को इस प्रकार समझाया गया है – 'वह व्यक्ति संसारी जीव है। हाथी काल का प्रतीक है। जिस टहनी को उसने पकड़ रखा है, वह उसकी आयु का प्रतीक है। काला चूहा रात्रि और सफे द चूहा दिन का प्रतीक है। मधुबिन्दु संसार का प्रतीक है। जीभ निकाले चारों सर्प चार गतियों के प्रतीक हैं। विद्याधर सच्चे गुरु का प्रतीक है।'

लेश्याभिप्राय

फलों से लदा हुआ एक वृक्ष है। भिन्न-भिन्न प्रकृति वाले छः व्यक्ति उसके फल खाना चाहते हैं। एक व्यक्ति वृक्ष को आमूल काटकर

उसके फल खाना चाहता है। दूसरा व्यक्ति शाखाएं काटकर फल खाना चाहता है। तीसरा व्यक्ति टहनियां काटकर फल खाना चाहता है। चौथा व्यक्ति फलों के गुच्छे तोड़कर खाना चाहता है। पांचवां व्यक्ति सिर्फ पके हुए फल तोड़कर खाना चाहता है। छठा व्यक्ति पककर अपने-आप गिरे हुए फल खाना चाहता है।

इस अभिप्राय को इस प्रकार स्पष्ट किया गया है – पहला व्यक्ति अत्यन्त कलुषित विचार वाली कृष्ण लेश्या का प्रतीक है। दूसरा व्यक्ति इससे कम कलुषित भावना वाली नील लेश्या का प्रतीक है। तीसरा दूसरे से थोड़े कम कलुषित भाव वाली कापोत लेश्या का प्रतीक है। चौथा व्यक्ति निर्मल भावना वाली पीत लेश्या का प्रतीक है। पांचवां व्यक्ति निर्मलतर भावना वाली पद्म लेश्या का प्रतीक है। छठा व्यक्ति निर्मलतम भावना वाली शुक्ल लेश्या का प्रतीक है।

साहित्य में इन छः लेश्याओं का वर्णन विस्तार से किया गया है। ये व्यक्ति के मानसिक विकास की विभिन्न भूमिकाएं हैं।

जीवन की घटनाओं का शिल्पांकन

भगवान महावीर तथा उनकी पूर्व और पश्चात कालीन परम्परा में हुए महापुरुषों के जीवन से सम्बन्ध रखने वाली विभिन्न घटनाओं का शिल्प में अंकन किया गया है। उदाहरण के लिए, नेमिनाथ के वैराग्य की घटना का अंकन बहुतायत से मिलता है। नेमिनाथ की बारात जूनागढ़ पहुंची है। तोरणद्वार की ओर जाते हुए नेमिनाथ ने देखा कि एक ओर बहुत सारे पशु इकट्ठे किए गए हैं, जो आर्तस्वर में चीत्कार कर रहे हैं। पूछने पर उन्हें ज्ञात हुआ कि बारात में आए मांसाहारी अतिथियों के लिए वे पशु मंगाए गए हैं। इस प्रसंग को देखकर नेमिनाथ को संसार से वैराग्य हो जाता है और वे वैवाहिक वस्त्राभूषण छोड़कर तप करने गिरनार की ओर चले जाते हैं। गिरनार पहाड़ पर नेमिनाथ को तप करते हुए तथा दूसरी ओर रोती-बिलखती राजुल का अंकन किया जाता है।

इस प्रकार पार्श्वनाथ के जीवन से सम्बन्ध रखने वाली कई घटनाओं का विस्तार से शिल्पांकन हुआ है। तपस्याकाल के जीवन की एक घटना इस प्रकार है – पार्श्वनाथ तपस्या में लीन थे। उनके पूर्व वैरी कमठ ने उन्हें देखा। देखकर उसका वैरभाव जाग्रत हुआ। उसने उन्हें तरह-तरह से कष्ट पहुंचाना प्रारम्भ किया। धरणेन्द्र और पद्मावती, जिनकी नाग-नागिनी की अवस्था में पार्श्वनाथ ने रक्षा की थी, वहां उपस्थित हो जाते हैं। पार्श्वनाथ के उपसर्गों का निवारण करने के लिए धरणेन्द्र सांप का रूप बनाकर पार्श्वनाथ के ऊपर छाया कर लेता है। इसी घटना-प्रसंग के कारण पार्श्वनाथ की मूर्तियों पर भी सर्प का फण बनाया जाता है।

ऐतिहासिक सन्दर्भों का शिल्पांकन

महावीर के बाद उनकी परम्परा में हुए साधुओं तथा श्रावकों से सम्बन्ध रखने वाली अनेक घटनाओं की दीर्घकाल तक सुरक्षित रखने के लिए, विभिन्न भाषाओं में, विभिन्न लिपियों में शिलाओं पर उत्कीर्ण दिया गया है। प्राकृत, संस्कृत, कन्नड़ आदि में उत्कीर्ण हज़ारों शिलालेख उपलब्ध होते हैं। ये शिलालेख न केवल महावीर की परम्परा के इतिहास की दृष्टि से प्रत्युत भारत के सांस्कृतिक इतिहास की दृष्टि से भी महत्त्वपूर्ण हैं। उड़ीसा में उदयगिरि की गुफा में स्थित खारवेल के विस्तृत शिलालेख से अनेक ऐसे सन्दर्भों का ज्ञान होता है, जो महावीर की परम्परा के सम्बन्ध में प्रामाणिक जानकारी देते हैं।

स्तूप

स्तूप-निर्माण की परम्परा को ऐतिहासिक सन्दर्भों में देखने पर ज्ञात होता है कि भगवान महावीर की पूर्व और पश्चात कालीन परम्पराओं में स्तूप-निर्माण बहुत पहले से होता रहा है। मथुरा के कंकाली टीला के उत्खनन में एक अत्यन्त प्राचीन जैन स्तूप के भग्नावशेष प्राप्त हुए

हैं। हज़ारों वर्ष पूर्व भी यह स्तूप देव-निर्मित माना जाता था। उक्त कंकाली टीले से प्राप्त अन्य पुरातात्त्विक सामग्री में स्तूप के पूरे आकार का शिल्पांकन हुआ है। उससे स्तूप के आकार का ठीक-ठीक पता चल जाता है। स्तूप के चारों ओर पूजा करने के लिए कलात्मक शिलापट्टों की स्थापना की जाती थी। वे आयागपट कहलाते थे। कंकाली टीले से इस प्रकार के एक दर्जन से अधिक आयागपट प्राप्त हुए हैं, जिनमें से अधिकांश पर उनका निर्माणकाल और निर्माणकर्ता का नाम आदि दिया गया है। स्तूप-निर्माण की परम्परा बाद में बौद्धों में अधिक विकसित हुई।

निषधि

साधु-साध्वियों का जहां देहावसान होता था, उन स्थानों पर उनकी स्मृति में एक विशेष प्रकार के स्थापत्य का निर्माण प्राचीन काल से होता रहा है। इसे निसही या निषधि कहा जाता है। कहीं-कहीं पर इन्हें वसदि भी कहा जाता है। सम्पूर्ण भारतवर्ष में इस प्रकार की अनेक निषधियां अब भी उपलब्ध हैं। अनेक निषधियों में वहां से देहावसान को प्राप्त होने वाले साधु या साध्वियों के नाम, समय आदि का विवरण उत्कीर्ण मिलता है। इन निषधियों में स्वर्गस्थ मुनि के चरणयुगल की स्थापना की जाती रही है। पहले ये निषधियां छोटे आकार की बनती थीं, धीरे-धीरे इनका विस्तार बहुत अधिक होने लगा। वर्तमान में उपलब्ध नसियांओं से इस बात का स्पष्ट पता चलता है।

चैत्य

चैत्यों के निर्माण की परम्परा भी प्राचीनकाल से रही है। यद्यपि वर्तमान में चैत्य नाम से कोई स्थापत्य उपलब्ध नहीं होता, किन्तु साहित्य में अनेक प्रकार के चैत्यों के उल्लेख प्राप्त होते हैं। चम्पा नगरी के बाहर उत्तर-पूर्व दिशा में स्थित पूर्णभद्र नामक चैत्य का विस्तृत वर्णन मिलता

है। भगवान महावीर संन्यस्त होने के बाद अपने तपस्वी जीवन में विभिन्न स्थानों पर चैत्यों में रात्रि बिताते थे। सम्भवतया चैत्य-निर्माण की यह परम्परा बाद में मन्दिर-वास्तु के रूप में विकसित हो गई।

लयन या गुफाएं

मुनियों को बहुजन संकीर्ण नगर, ग्राम आदि स्थानों से दूर पर्वत तथा वन की गुफाओं आदि में रहने का विधान किया गया है। सम्भवतया पहले प्राकृतिक रूप से निर्मित गुफाओं में मुनि निवास करते होंगे, बाद में श्रद्धालु भक्तों ने वन और पर्वतों की उपत्यकाओं में कृत्रिम गुफाओं का निर्माण किया। सम्पूर्ण भारतवर्ष में अनेक स्थानों पर इस प्रकार की गुफाएं पाई जाती हैं। पूर्व में उदयगिरि और खंडगिरि, पश्चिम में जूनागढ़, महाराष्ट्र में तेरापुर, दक्षिण भारत में सीत्तन्नवासल, बादामी, ऐहोल, एलोरा, दक्षिण त्रावनकोर, अंकाई, तंकाई की गुफाएं, मध्य प्रदेश में उदयगिरि और ग्वालियर, मैसूर में श्रवणबेलगोल, बिहार में राजगिरि, बराबर और नागार्जुनी कोंडा तथा उत्तर प्रदेश में प्रयाग और कौसम की गुफाएं उल्लेखनीय हैं।

गुफाओं में सबसे प्राचीन और प्रसिद्ध **गुफाएं** बराबर व **नागार्जुनी** की पहाड़ियों पर स्थित हैं। ये पहाड़ियां गया से लगभग बीस मील दूर पटना-गया रेलवे के वेला नामक स्टेशन से आठ मील पूर्व की ओर हैं। बराबर पहाड़ी में चार व उससे लगभग एक मील दूर नागार्जुनी पहाड़ी में तीन गुफाएं हैं। बराबर की गुफाएं अशोक तथा नागार्जुनी की उसके पौत्र दशरथ द्वारा निर्मित कराई गई थीं। ये सभी गुफाएं ईसा पूर्व तृतीय शताब्दी की हैं। बराबर की चारों गुफाएं कठोर तेलिया पाषाण को काटकर बनाई गई हैं। उन पर वही चमकीली पॉलिश की गई है, जो मौर्यकाल की विशेषता है। नागार्जुनी पहाड़ी की तीनों गुफाएं क्रमशः गोपी गुफा, बहिया की गुफा और बेदथिका गुफा के नाम से प्रसिद्ध हैं।

प्राचीनता की दृष्टि से राजगिरि की एक पहाड़ी में मनियार मठ के समीप **सोनभंडार** नामक **गुफा** उल्लेखनीय है। इसमें प्रथम, द्वितीय शती का ब्राह्मी लिपि का एक लेख भी है, जिसके अनुसार आचार्यरत्न वैरदेव मुनि ने मुनियों के निवासार्थ दो गुफाएं निर्मित कराई थीं और उनमें अरहन्तों की प्रतिमाएं भी प्रतिष्ठित कराई थीं। जिस दूसरी गुफा का उल्लेख है, वह इसी गुफा के पार्श्व में स्थित है। यह अब विष्णु की गुफा बन गई है।

उड़ीसा की, कटक के समीपवर्ती **उदयगिरि** और **खंडगिरि** नामक पर्वतों की गुफाएं विशेष उल्लेखनीय हैं। उदयगिरि की हाथी-गुम्फा नामक गुफा में प्राकृत भाषा का एक विस्तृत लेख पाया जाता है, जिसमें कलिंग सम्राट खारवेल के बाल्यकाल व राज्य के तेरह वर्षों का चरित्र वर्णित है। इस लेख में स्पष्ट उल्लेख है कि खारवेल ने अपने राज्य के बारहवें वर्ष में मगध पर आक्रमण कर वहां के राजा बृहस्पति मित्र को पराजित किया और वहां से 'कलिंग जिन' की मूर्ति अपने देश में लौटा लाया, जिसे नन्दराज अपहरण कर ले गया था।

उदयगिरि की यह गुफा रानी गुम्फा के नाम से भी जानी जाती है। यह दो मंज़िली गुफा वास्तव में एक सुविस्तृत विहार रहा है, जिसमें मूर्ति भी प्रतिष्ठित रही है। मुनियों का आवास भी रहा है। गुफा की कारीगरी तथा चित्रांकन भी विशेष महत्त्व के हैं। विद्वानों ने यहां की चित्रण-कला को भरहुत व सांची के स्तूपों से अधिक सुन्दर माना है।

उदयगिरि तथा खंडगिरि में सब मिलाकर उन्नीस गुफाएं हैं। निकटवर्ती नीलगिरि नामक पहाड़ी में और भी तीन गुफाएं हैं। रानी गुम्फा के अतिरिक्त मंचपुरी और बैकुंठपुरी नामक गुफाएं भी दर्शनीय हैं।

प्रयाग तथा **कौसम** के समीपवर्ती पभौसा नामक स्थान में दो गुफाएं हैं। इनमें शुंग-कालीन लिपि में लेख हैं। इन लेखों में कहा गया

है कि इन गुफाओं को अहिच्छत्रा के आसाढ़ सेन ने काश्यपीय अरहन्तों के लिए दान दिया। यहां यह स्मरण करना महत्त्व का होगा कि भगवान महावीर स्वयं काश्यप गोत्रीय थे।

जूनागढ़ के बाबा प्यारामठ के समीप कुछ गुफाएं हैं, जो तीन पंक्तियों में स्थित हैं। ये सब गुफाएं दो भागों में विभक्त की जा सकती हैं। पहले प्रकार की गुफाएं वे हैं, जो सम्भवतया ईसा पूर्व द्वितीय शती की हैं, जब प्रथम बार बौद्ध भिक्खु गुजरात में पहुंचे। दूसरे प्रकार की गुफाएं पहले प्रकार से उन्नत शैली की हैं और इनमें जैन-चिह्न पाए जाते हैं। ये ईसा की दूसरी शती अर्थात छत्रप राजाओं के काल की सिद्ध होती हैं। एक गुफा के खंडित अभिलेख में छत्रप राजवंश का तथा चस्टन के प्रपौत्र और जयदामन के पौत्र रुद्रसेन प्रथम का उल्लेख है। सम्भवतया यह वही गुफा है, जिसमें आचार्य धरसेन ने निवास किया था।

जूनागढ़ के पश्चात मध्य प्रदेश के अन्तर्गत इतिहास-प्रसिद्ध विदिशा नगर के उत्तर-पश्चिम की ओर बेतवा नदी के उस पार दो-तीन मील की दूरी पर स्थित **उदयगिरि** की गुफाएं उल्लेखनीय हैं। इस पहाड़ी पर बीस गुफाएं व मन्दिर हैं, जिनमें पहली तथा बीसवीं गुफा स्पष्ट रूप से महावीर की परम्परा की गुफाएं हैं। गुफाओं के स्तम्भों आदि की कला तथा गुफा में खुदे हुए अभिलेख से ज्ञात होता है कि इनका संस्कार गुप्तकाल में हुआ। बीसवीं गुफा में पार्श्वनाथ तीर्थंकर की अतिभव्य मूर्ति स्थित है। इसकी प्रतिष्ठा ईस्वी सन् 426 में हुई थी, ऐसा इस पर अंकित संस्कृत पद्यात्मक लेख से ज्ञात होता है।

मैसूर के श्रवणबेलगोल की चन्द्रगिरि नामक पहाड़ी पर एक छोटी-सी गुफा है, जो भद्रबाहु की गुफा के नाम से प्रसिद्ध है। इसमें भद्रबाहु के चरण भी अंकित हैं। कहा जाता है कि भद्रबाहु स्वामी ने इसी गुफा में देहोत्सर्ग किया था।

महाराष्ट्र में उस्मानाबाद से पूर्वोत्तर दिशा में लगभग बारह मील की दूरी पर पर्वत में एक प्राचीन गुफासमूह है। ये गुफाएं ईसा पूर्व 500-650 के बीच की मानी जाती हैं। ये गुफाएं तेरापुर की गुफाओं के नाम से प्रसिद्ध हैं। एक गुफा में पार्श्वनाथ तीर्थंकर की भव्य प्रतिमा भी विराजमान है।

तमिल प्रदेश में पुडुकोट्टाइ से नौ मील दूर **सित्तन्नवासल** नामक स्थान है। यहां के विशाल शिलाटीलों में बनी हुई एक जैन-गुफा महत्त्वपूर्ण है। इसमें ब्राह्मी लिपि में लिखा एक शिलालेख भी है, जो ईसा पूर्व तीसरी शताब्दी का ज्ञात होता है। वास्तुकला की दृष्टि से यह गुफा जितनी महत्त्व की है, उससे भी अधिक महत्त्व उसकी चित्रकला का है। पल्लव-नरेश महेन्द्रबर्मन (8वीं शती) के समय में गुफा का यह संस्कार किया गया था।

दक्षिण भारत में **बादामी** की गुफा भी उल्लेखनीय है। इसका निर्माण-काल सातवीं शती का मध्यकाल अनुमान किया जाता है। ऐसी मान्यता है कि राष्ट्रकूट-नरेश अमोध वर्ष (8वीं शती) ने राज्य त्यागकर दीक्षा लेकर इसी गुफा में निवास किया था। इसमें बाहुबलि तथा तीर्थंकरों की अनेक प्रतिमाएं हैं।

बादामी तालुके में **ऐहोल** नामक ग्राम के समीप की गुफाएं भी महत्त्वपूर्ण हैं। इन गुफाओं में तीर्थंकर मूर्तियां भी विद्यमान हैं। गुफाओं से पूर्व की ओर मेघुटी मन्दिर है, जिसमें चालुक्य-नरेश पुलकेशी और शक संवत् 556 का उल्लेख है।

गुफाओं के निर्माण की कला **एलोरा** में अपने चरम उत्कर्ष पर देखी जाती है। यह स्थान देवगिरि (दौलताबाद) से लगभग सोलह मील दूर है। वहां का शिलापर्वत अनेक गुफा-मन्दिरों से अलंकृत है, जिनमें पांच जैन-गुफाएं हैं। कला की दृष्टि से तीन गुफाएं विशेष महत्त्व की हैं – छोटा कैलाश, इन्द्रसभा व जगन्नाथ सभा।

नवमी शती का एक शिला-मन्दिर **दक्षिण त्रावनकोर** में कुंजीपुर ग्राम से पांच मील उत्तर की ओर पहाड़ी पर है। इस मन्दिर में अनेक तीर्थंकर प्रतिमाएं हैं।

अंकाई-तंकाई नामक गुफासमूह मनमाड रेलवे जंक्शन से नौ मील दूर अंकाई नामक स्टेशन के समीप है। यहां लगभग तीन हज़ार फीट उंची पहाड़ियों में सात गुफाएं हैं।

गुफानिर्माण-कला का युग बहुत पहले समाप्त हो चुका था, किन्तु 15वीं शती तक भी श्रावक गुफाओं का निर्माण कराते रहे। **तोमर राजवंश कालीन** ग्वालियर की गुफाएं इसके उदाहरण हैं।

इस प्रकार सम्पूर्ण भारतवर्ष में लयन या गुफा-मन्दिरों का विस्तार फैला हुआ है।

मन्दिर वास्तु

निर्माण-कला की दृष्टि से महावीर की परम्परा के मन्दिर प्राचीन भारतीय वास्तुकला में अपना विशेष महत्त्वपूर्ण स्थान रखते हैं। समय के दीर्घ अन्तराल में तथा विध्वंसकों के द्वारा नष्ट या परिवर्तित किए जाने के बाद भी प्राचीन मन्दिर पर्याप्त संख्या में उपलब्ध होते हैं। सबसे प्राचीन मन्दिर के चिह्न पटना के समीप लोहानीपुर में पाए गए हैं। यह मन्दिर मौर्यकालीन माना जाता है।

बादामी के समीप **ऐहोल** का मेघुटी मन्दिर शक संवत 556 (ई. 634) का है। कला की दृष्टि से यह एक उत्कृष्ट नमूना है। मन्दिरों के निर्माण में गुप्त और चालुक्य युग के बाद की वास्तुकला में तीन विशिष्ट शैलियां पाई जाती हैं – नागर, द्रविड़ और वेसर। सामान्यतः नागर शैली उत्तर भारत में हिमालय से विन्ध्य पर्वत तक प्रचलित हुई। द्राविड़ शैली दक्षिण में कृष्णा नदी से कन्याकुमारी तक तथा वेसर मध्यभारत में विन्ध्य पर्वत और कृष्णा नदी के बीच में प्रचलित

हुई। इन तीनों ही शैलियों की अपनी-अपनी विशेषताएं हैं। इनका स्पष्ट अन्तर शिखर रचना में दिखाई देता है। नागर शैली का शिखर गोल आकार का होता है, जिसके अग्रभाग पर कलशाकृति बनाई जाती है। यह आकृति अन्य शैलियों की अपेक्षा अधिक प्राचीन मानी जाती है।

दक्षिण भारत के मन्दिरों में पट्टदकल और हुंवच, तीर्थहल्लि और लकुडी, जिननाथपुर और हलेवीड के मन्दिर कला और स्थापत्य दोनों दृष्टियों से महत्त्वपूर्ण हैं। झांसी ज़िले में देवगढ़ छतरपुर ज़िले में खजुराहो, दतिया के समीप सुवर्णगिरि (सोनागिरि), दमोह ज़िले में कुंडलपुर आदि स्थान मन्दिरनिर्माण-कला के उत्कृष्ट निदर्शन हैं। आबू का आदिनाथ मन्दिर कला और स्थापत्य के विकास का सर्वोत्कृष्ट नमूना है। सम्पूर्ण मन्दिर सफे द संगमरमर का बना है। इसका निर्माण विमलशाह ने अपार धनराशि व्यय करके कराया था। वि. सं. 1088 (1031 ई.) में इसकी प्रतिष्ठा हुई।

मन्दिरों के निर्माण की यह दीर्घकालीन परम्परा सद्गृहस्थ के जीवन का अनिवार्य कर्तव्य माना जाने के कारण अभी भी जीवित है तथा विभिन्न स्थानों पर अभी भी निरन्तर नए मन्दिरों का निर्माण हो रहा है। भारतीय मन्दिर-निर्माण-शिल्प में इन मन्दिरों का महत्त्वपूर्ण स्थान है।

मूर्तिकला

देवपूजा सद्गृहस्थ का दैनिक कर्तव्य माना गया है। इसी की प्रेरणा ने मूर्तिनिर्माण की ओर प्रवृत्त किया। मूर्तिनिर्माण के प्राचीनतम उल्लेख ईसा पूर्व चौथी-पांचवीं शती के उपलब्ध होते हैं। मूर्तियां मुख्य रूप से भगवान महावीर तथा अन्य तीर्थंकरों की बनाई जाती थीं। बाद में तीर्थंकरों के साथ यक्षों तथा शासन देवी-देवताओं एवं अन्य महापुरुषों की भी मूर्तियां बनाई जाने लगीं।

तीर्थंकर मूर्तियां पद्मासन तथा खड़्गासन (कामोत्सर्गमुद्रा) दो प्रकार की ही बनाई जाती हैं। प्राचीनतम काल से लेकर आज तक यह परम्परा यथापूर्व रूप में सुरक्षित है। प्राचीनतम मूर्तियों में तीर्थंकरों के अलग-अलग चिह्न नहीं बनाए जाते थे, बाद में प्रत्येक तीर्थंकर प्रतिमा पर भिन्न-भिन्न चिह्न अंकित किए जाने लगे। भगवान महावीर की मूर्ति के आसन पर सिंह का चिह्न बनाया जाता है।

तीर्थंकर आदिनाथ की प्रतिमा का कलिंग से अपहरण कर नन्दराज मगध ले आया था, जिसे खारवेल दो-तीन शती पश्चात वापस ले गया। मथुरा के कंकाली टीले से कुषाण कालीन अनेक मूर्तियां प्राप्त हुई हैं, जो मथुरा संग्रहालय में सुरक्षित हैं। लोहानीपुर से प्राप्त मस्तक-रहित तीर्थंकर-मूर्ति पटना संग्रहालय में सुरक्षित है। यह मौर्यकालीन मानी जाती है।

मूर्तियां काष्ठ, पाषाण तथा धातु निर्मित पाई जाती हैं।

तीर्थंकरों की मूर्तियों के बाद दक्षिण भारत में सर्वाधिक मूर्तियां तीर्थंकर ऋषभदेव के पुत्र बाहुबली की पाई जाती हैं। कायोत्सर्ग मुद्रा में निर्मित ये मूर्तियां अत्यन्त भव्य और आकर्षक हैं। मैसूर में श्रवणबेलगोल के विन्ध्यगिरि पर स्थित बाहुबली की छप्पन फ़ीट छः इंच की उत्तुंग मूर्ति सारे संसार की मूर्तिकला का एक आश्चर्यकारी नमूना है। गंग-नरेश राजमल्ल के महामन्त्री चामुंडराय ने 10-11वीं शती में इसकी प्रतिष्ठा कराई थी।

यक्ष-यक्षिणियों तथा देवी-देवताओं में चक्रेश्वरी, पद्मावती, अम्बिका सरस्वती, अच्युता, नैगमैश आदि की मूर्तियां प्राप्त होती हैं। सम्भवतया भारतवर्ष में भगवान महावीर की परम्परा की मूर्तियां सर्वाधिक परिमाण में पाई जाती हैं।

चित्रकला

चित्रकला में अष्टमंगल द्रव्य, तीर्थंकर की माता के स्वप्न, महापुरुषों के जीवन की प्रमुख घटनाएं, पुण्य और पाप के शुभ और अशुभ फल का दिग्दर्शन कराने वाले प्रतीक, संवेग और वैराग्य का भाव जगाने वाले बोध चित्र आदि का अंकन किया जाता रहा है। ये चित्र गुफाओं, मन्दिरों आदि की भित्तियों पर निर्मित चित्र, काष्ठपट्ट, ताड़पत्र तथा काग़ज़ की पांडुलिपियों पर निर्मित चित्र, वस्त्र-खंडों पर निर्मित चित्रों आदि के रूप में प्राप्त होते हैं।

सर्वाधिक प्राचीन चित्र सित्तन्नवासल की गुफाओं में भित्तियों तथा छत पर उपलब्ध हैं। ये महेन्द्र वर्मा प्रथम के राज्यकाल (ईस्वी 625) में बनाए गए बताए जाते हैं।

इस चित्रकला के विषय में एक और महत्त्वपूर्ण बात यह ज्ञातव्य है कि विभिन्न युगों और शैलियों के प्रभाव-ग्रहण के बावजूद चित्रांकन में सम्भ्रान्तता का ह्रास नहीं हुआ है। भारतीय चित्रकला के इतिहास की दृष्टि से इनका अध्ययन महत्त्वपूर्ण है।

उपर्युक्त आधारसूत्रों से ज्ञात होता है कि भारतवर्ष के सांस्कृतिक इतिहास के निर्माण में भगवान महावीर की परम्परा का महत्त्वपूर्ण योगदान रहा है।

जीवन्त परम्परा

भगवान महावीर के बाद पच्चीस सौ वर्ष बीतने के बाद भी उनके शिष्यों की परम्परा जीवन्त रूप में अब भी चली आ रही है। महावीर ने चतुर्विध संघ की स्थापना की थी, जिसकी चर्चा पहले कर आए हैं। वह चतुर्विध संघ वर्तमान में भी उस परम्परा को कायम रखे हुए हैं।

महावीर के बाद उनकी शिष्य-परम्परा में आचार-सम्बन्धी मतभेद होने के कारण उनके शिष्य विभिन्न वर्गों में तो अवश्य बंटते चले गए, किन्तु परम्परा अक्षुण्ण बनी रही।

महावीर के बाद महावीर की परम्परा के साधु आचार-सम्बन्धी कुछ मतभेदों को लेकर दो भागों में विभक्त हो गए थे –

1. दिगम्बर, 2. श्वेताम्बर।

साधुओं के अनुसार गृहस्थ श्रावक वर्ग भी दोनों परम्पराओं में बंट गया। बाद में इन दोनों ही परम्पराओं में मूर्तिपूजा तथा आचार-सम्बन्धी कुछ अन्य बातों को लेकर और भी भेद हो गए।

दिगम्बर – दिगम्बर-परम्परा के साधु नग्न रहते हैं। लकड़ी का कमंडलु तथा मयूरपिच्छ की पीछी के अतिरिक्त कोई उपकरण नहीं रखते। दिन में एक बार सद्गृहस्थ के घर नियमानुकूल विधि से खड़े-खड़े अपने हाथ में भोजन तथा जल ग्रहण करते हैं। स्नान आदि नहीं करते। सोने के लिए भी विस्तर आदि का प्रयोग नहीं करते।

साधु के कारण ही इस परम्परा का नाम दिगम्बर पड़ा। इसके अनुयायी गृहस्थ भी इसी कारण दिगम्बर कहलाते हैं। वे भगवान महावीर तथा उनकी परम्परा के तेईस तीर्थंकरों की पूजा करते हैं। वर्तमान में इस परम्परा के अनुयायी सम्पूर्ण भारत के विभिन्न अंचलों में पाए जाते हैं। कुछ विदेशों में भी पहुंच गए हैं।

इसमें बाद में मूर्तिपूजा किस प्रकार की जाए, इस बात को लेकर थोड़ा मतभेद होने से तेरापन्थी तथा बीसपन्थी, इस प्रकार से दो भेद हो गए। ये नाम किस कारण से पड़े, इसका ठीक-ठीक पता नहीं चलता। कहा जाता है कि तेरापन्थ का उदय विक्रम की सत्रहवीं शताब्दी में भट्टारक युग के शिथिलाचार के विरुद्ध पं. बनारसीदास जी के द्वारा आगरा में हुआ। आजकल जो तेरापन्थ प्रचलित है, वह भट्टारक को या आडम्बरधारी मुनियों को अपना गुरु नहीं मानता। प्रतिमाओं को फूल तथा केसर, हरे फूल इत्यादि चढ़ाने का निषेध करता है। उत्तर भारत में इस पन्थ का उदय हुआ और धीरे-धीरे देशव्यापी हो गया। बीसपन्थी आम्नाय को मानने वाले हरे पुष्प, फल, केसर आदि प्रतिमाओं को चढ़ाते हैं। इसके अतिरिक्त तेरापन्थ और बीसपन्थ में कोई विशेष मतभेद नहीं है।

तारणपन्थ – ईसा की पन्द्रहवीं शताब्दी के अन्त में इस पन्थ का जन्म हुआ। इसके जन्मदाता तारणतरण स्वामी के नाम से प्रसिद्ध हुए। सन् 1515 में ग्वालियर स्टेट के मल्हारगढ़ नामक स्थान में इनका स्वर्गवास हुआ। उस स्थान पर इनकी समाधि बनी है। उसे नसियाजी कहते हैं। यह इस पन्थ को मानने वालों का तीर्थस्थान माना जाता है।

यह पन्थ मूर्तिपूजा का विरोधी है। इनके चैत्यालय होते हैं, किन्तु उसमें शास्त्र रखे जाते हैं। उन्हीं की पूजा की जाती है। पूजा में द्रव्य नहीं चढ़ाया जाता।

तारणस्वामी ने कुछ ग्रन्थ लिखे हैं। उनके अतिरिक्त दिगम्बर आचार्यों के बनाए हुए ग्रन्थ इस परम्परा में माने जाते हैं। इस पन्थ के लोग वर्तमान में प्रायः मध्य प्रदेश में पाए जाते हैं, जो लगभग दस-ग्यारह हज़ार की संख्या में हैं।

श्वेताम्बर – श्वेताम्बर साधु श्वेत वस्त्र पहनते हैं। उनके पास चौदह उपकरण होते हैं। पात्र, पात्रबन्ध, पात्रस्थापन, पात्र प्रमार्जनिका, पटल, रजस्राव, गुच्छक, दो चादरें, ऊनी वस्त्र (कम्बल), रजोहरण, मुखवस्त्र, मात्रक, चोल पट्टक।

यह सम्प्रदाय भी मूर्तिपूजक है। मूर्ति को अलंकार इत्यादि पहनाते हैं। श्वेताम्बर-परम्परा की तीर्थंकर मूर्तियों में लंगोट का चिह्न अंकित होता है।

श्वेताम्बर सम्प्रदाय में मूर्तिपूजा-विरोधी दो पन्थ क्रमशः निकले – स्थानकवासी और तेरापन्थी। उनके विषय में जानकारी निम्न प्रकार है –

स्थानकवासी – स्थानकवासी सम्प्रदाय की स्थापना 1531 में लोकाशाह ने की। लोकाशाह का जन्म वि. सं. 1472 में हुआ था। इस सम्प्रदाय का जन्म मुख्य रूप से मूर्तिपूजा को लेकर हुआ। लोकाशाह ने मूर्तिपूजा का निषेध किया था। प्रारम्भ में यह सम्प्रदाय लोकागच्छ के नाम से चला। बाद में स्थानकवासी नाम से प्रसिद्ध हुआ। इस सम्प्रदाय के साधु श्वेताम्बर मूर्तिपूजक साधुओं की तरह ही श्वेत वस्त्र धारण करते हैं। ये साधु भी श्वेताम्बर साधुओं के समान ही उपकरण रखते हैं। इतना अन्तर है कि ये मुखवस्त्रिका अलग से न रखकर मुंह पर बांधते हैं।

इस सम्प्रदाय में लोकाशाह के बाद अनेक विद्वान साधु हुए हैं। साहित्य-निर्माण में भी उनका योगदान रहा है। वर्तमान में भी सैकड़ों साधु विद्यमान हैं। विश्वधर्मप्रेरक मुनि सुशीलकुमार जी इसी परम्परा के प्रसिद्ध साधु हैं। इस सम्प्रदाय को मानने वाले गृहस्थ श्रावक भारत के विभिन्न अंचलों में निवास करते हैं। कुछ लोग विदेशों में पहुंच गए हैं।

तेरापन्थी – इस सम्प्रदाय की स्थापना राजस्थान में आचार्य भिक्षु (भीखन जी) द्वारा हुई। यह सम्प्रदाय भी स्थानकवासी सम्प्रदाय की तरह मूर्तिपूजा नहीं मानता। साधु, श्वेताम्बर साधुओं की तरह श्वेत वस्त्र पहनते हैं तथा उपकरण रखते हैं। आचार्य भिक्षु के बाद इस सम्प्रदाय में अब तक आठ आचार्य हुए हैं। अणुव्रत आन्दोलन के प्रवर्तक आचार्य तुलसी वर्तमान में इस सम्प्रदाय के नवें आचार्य हैं। मुनि डॉ. नगराज, मुनि नथमल आदि इस सम्प्रदाय के विशिष्ट विद्वान मुनि हैं। इस परम्परा के साधुओं ने पर्याप्त मात्रा में साहित्यिक कार्य किए हैं और कर रहे हैं। इस सम्प्रदाय का अनुशासन बहुत दृढ़ है। इसमें एक ही आचार्य होता है। यही इस सम्प्रदाय के अनुशासन का मूल आधार कहा जा सकता है। इस सम्प्रदाय को मानने वाले गृहस्थ भारत के विभिन्न अंचलों में रहते हैं। कुछ लोग अब विदेशों में भी पहुंच गए हैं।

अन्य सम्प्रदाय – प्राचीन साहित्य में तथा कतिपय शिलालेखों आदि में यापनीय, कूर्चक तथा अर्धस्फालक सम्प्रदाय के भी उल्लेख मिलते हैं। वर्तमान में इनका अस्तित्व नहीं रह गया है।

सांस्कृतिक परम्पराओं का संरक्षण

भगवान महावीर की परम्परा के अनुयायी साधु और श्रावकों ने हज़ारों वर्षों से अब तक अपनी सांस्कृतिक परम्पराओं को सुरक्षित रखा है। कुछ विशेष बातों का उल्लेख यहां करना उचित होगा।

वर्गविहीन समाज – भगवान महावीर ने वर्णव्यवस्था का विरोध किया था और उन्होंने यह उपदेश दिया था कि मनुष्य-मात्र एक है। जाति और कुल के आधार पर इसे वर्गों में नहीं बांटा जा सकता। धार्मिक क्रियाएं प्रत्येक व्यक्ति समान रूप से कर सकता है। यह परम्परा अब तक अक्षुण्ण रूप से चली आ रही है। अनेक जैन साधु जन्म से जैन नहीं थे। वर्तमान में जो साधु विद्यमान हैं, उनमें भी अनेक जन्मतः जैन नहीं हैं।

महावीर की परम्परा के गृहस्थ वर्तमान में सम्पूर्ण भारतवर्ष में तथा कुछ संख्या में विदेशों में भी पहुंच गए हैं। इनमें व्यापारी, शिक्षक, सेवावृत्ति करने वाले तथा कृषि आदि के द्वारा आजीविका करने वाले गृहस्थ शामिल हैं। व्यापार में उन्नत कीर्तिमान स्थापित करने के कारण व्यापारी-वर्ग प्रमुख रूप से दिखाई देता है, किन्तु वास्तव में उपर्युक्त सभी कार्य करने वाले महावीर की परम्परा में मौजूद हैं। उन सभी को सामाजिक तथा धार्मिक जीवन में समान अधिकार प्राप्त हैं।

आहार-व्यवहार – अहिंसामूलक आचार होने के कारण भगवान महावीर के अनुयायी अपने जीवन के प्रत्येक कार्य में अहिंसा संस्कृति का ध्यान रखते हुए प्रवृत्ति करते हैं। महावीर को मानने वाला व्यक्ति इस प्रकार का व्यापार नहीं करेगा, जिससे उसकी अहिंसा पर आघात लगे। उदाहरण के लिए महावीर का अनुयायी मांस, मछली, अंडे, मुर्ग़ी का व्यापार नहीं करता। इसी प्रकार के अन्य व्यापारों के विषय में भी वर्तमान में प्रत्यक्ष रूप में देखा जा सकता है।

खानपान की दृष्टि से महावीर के अनुयायी पूर्णतः शाकाहारी हैं। भारत के किसी भी अंचल में बसने वाले महावीर के अनुयायी अपनी इस मान्यता का दृढ़ता से निर्वाह करते हैं। शाकाहार में भी गरिष्ठ और उत्तेजक पदार्थों का सेवन नहीं करते। रात्रि-भोजन नहीं करते। देशकाल के अनुसार रात्रि-भोजन न करने में शैथिल्य आता जा रहा है, किन्तु

शाकाहार पूर्ववत है। इन परिवारों में मदिरा तथा अन्य मादक द्रव्यों का भी व्यवहार नहीं होता।

सामाजिक रीति-रिवाज

सामाजिक रीति-रिवाजों में दो बातों की विशेष सावधानी रखी जाती है – एक तो अहिंसामूलक संस्कृति का निर्वाह, दूसरे वैचारिक एवं व्यावहारिक संघर्ष न आने देना। इसके पीछे महावीर की अनैकान्तिक दृष्टि है। पर्व-त्योहार इत्यादि मानने-मनाने के सम्बन्ध में महावीर को मानने वाले एक ओर अहिंसामूलक संस्कृति का ध्यान रखते हैं, दूसरी ओर सामाजिक जीवन में परस्पर सौहार्द बनाए रखने का प्रयत्न करते हैं। विभिन्न प्रदेशों में रहने वाले गृहस्थ वहां के पर्व-त्योहारों में भी शामिल होते हैं। महावीर के अनुयायी मुख्य रूप से दो पर्व मानते हैं – 1. पर्युषण, 2. दीपावली।

पर्युषण – पर्युषण सबसे महत्त्वपूर्ण पर्व माना जाता है। इसे महावीर के अनुयायी सभी सम्प्रदाय पूरी निष्ठा-भावना के साथ मनाते हैं। श्वेताम्बर-परम्परा में आठ दिन तक मनाया जाता है। इसलिए इसे आष्टान्हिक पर्व भी कहते हैं। दिगम्बर-परम्परा में यह पर्व दस दिन तक मनाया जाता है। इसलिए इसे दशलक्षण पर्व भी कहते हैं। यह पर्व भाद्रपद मास के उत्तरार्द्ध में मनाया जाता है। इन आठ या दस दिनों में विभिन्न प्रकार से धार्मिक अनुष्ठान किए जाते हैं। यह साधना का पर्व है। श्रावक और साधु इस पर्व में अपना आत्मालोचन करते हैं। सभी अपनी-अपनी शक्ति के अनुसार साधना और तपस्या करते हैं। पर्व के अन्त में क्षमापना दिवस मनाया जाता है, जो परस्पर स्नेह-भाव का प्रतीक है। कुछ वर्षों से यह पर्व विश्वमैत्री दिवस के रूप में मनाया जाने लगा है। इसमें सभी एक-दूसरे से स्नेह भाव से मिलते हैं और वर्ष-भर में अपने द्वारा हुई भूल-चूक के लिए क्षमायाचना करते हैं।

दीपावली – पहले बताया जा चुका है कि महावीर के निर्वाण के उपरान्त उनके निर्वाण के दिन ही दीपमालिका मनाई गई थी। तब से लेकर अब तक इसी स्मृति में यह पर्व मनाया जाता है।

अन्य पर्व – महावीर के अनुयायी भारत में प्रचलित कतिपय अन्य पर्व भी, जिनके मनाने में उनकी अहिंसामूलक परम्परा और सांस्कृतिक मान्यताओं को आघात नहीं पहुंचता, मनाने लगे हैं। महापुरुषों के जीवन से सम्बद्ध विभिन्न तिथियों को भी पर्व के रूप में मनाया जाने लगा है। भगवान महावीर के जन्मदिन चैत्र शुक्ल त्रयोदशी को महावीर जयन्ती तथा प्रथम उपदेश दिवस श्रावण कृष्ण प्रतिपदा को वीरशासन जयन्ती के रूप में मनाया जाता है। इसी प्रकार अन्य अनेक तिथियों को पर्व के रूप में मनाया जाता है।

जनकल्याण के कार्य

महावीर ने श्रावकों की आचारसंहिता में श्रावक के लिए चार प्रकार के दानों का विधान किया है। वे इस प्रकार हैं – 1. औषधिदान, 2. शास्त्रदान, 3. अभयदान, 4. आहारदान।

महावीर के अनुयायी श्रावक इन चारों प्रकारों के दानों का निर्वाह हमेशा से करते आ रहे हैं। औषधिदान के लिए जगह-जगह औषधालय, चिकित्सालय तथा चिकित्सा-गृहों की स्थापना की जाती रही है। वहां बिना किसी प्रकार का शुल्क लिये चिकित्सा तथा स्वास्थ्य-सेवा की व्यवस्था उपलब्ध कराई जाती है।

शास्त्रदान की परम्परा भी अब तक बराबर चली आ रही है। जिस समय मुद्रण का कार्य आरम्भ नहीं हुआ था, उस समय एक-एक ग्रन्थ की हज़ार-हज़ार प्रतियां तक हाथ से लिखवाकर साधु और श्रावकों को स्वाध्याय के लिए निःशुल्क भेंट करने के उल्लेख शिलालेखों में भी मिलते हैं। दक्षिण में अत्तिमम्बे नामक श्राविका ने शान्तिनाथपुराण की

एक हज़ार प्रतियां हाथ से लिखवाकर वितरित कराई थीं। वर्तमान में शास्त्रदान की प्रवृत्ति में युगानुकूल परिष्कार या परिवर्तन हुए हैं। साधुवर्ग को अभी भी सम्पूर्ण अध्ययन-सामग्री भेंट की जाती है। निःशुल्क विद्यालय, छात्रावास इत्यादि अब भी सैकड़ों की संख्या में मौजूद हैं। इसके अतिरिक्त प्रतिवर्ष कई लाख रुपए की छात्रवृत्ति अध्ययन के लिए छात्रों को दी जाती है। महावीर के अनुयायियों द्वारा सैकड़ों पुस्तकालय तथा वाचनालय सामाजिक उपयोग के लिए संचालित होते हैं।

साधु-सम्प्रदाय तो सम्पूर्ण रूप से गृहस्थों पर निर्भर करता ही है, आहारदान की परम्परा अन्य लोगों के लिए भी है। गृहस्थ पूरी सद्भावना और श्रद्धा के साथ साधु को आहारदान देता है। इसी प्रकार अपेक्षानुसार यत्र-तत्र निःशुल्क या अल्प शुल्क में शुद्ध शाकाहारी भोजन देने वाले सैकड़ों भोजनालय महावीर के अनुयायियों द्वारा अब भी संचालित हैं।

प्राकृतिक विपत्तियों इत्यादि के अवसर पर कल्याण-कार्यों में महावीर के उपासक अपनी शक्ति-भर सहयोग करते हैं।

सार्वजनिक उपयोग के लिए प्रपा (प्याऊ), वापिका, कूप, उद्यान आदि बनाने की परम्परा भी अब तक चली आ रही है।

व्यापक क्षेत्र

भगवान महावीर के अनुयायी सम्पूर्ण भारतवर्ष में विभिन्न अंचलों में निवास करते हैं। देश-काल की सीमाओं से परे विदेशों में भी गृहस्थ पहुंचे हैं और रह रहे हैं। अपनी संस्कृति को सुरक्षित रखते हुए, वे देश-विदेश के किसी भी कोने को अपना आवास और कार्यक्षेत्र बना लेते हैं। वर्तमान में लगभग एक करोड़ की संख्या में होने के बावजूद महावीर के अनुयायी प्रत्येक क्षेत्र में इस प्रकार आगे बढ़े हुए हैं कि

अपनी वास्तविक संख्या से काफ ी बड़ी संख्या में मालूम पड़ते हैं। अपनी कार्यकुशलता और दक्षता के लिए ये प्रसिद्ध हैं। महावीर के अनुयायियों में शिक्षा का अत्यधिक प्रचार है, इसलिए उनमें शायद ही कोई व्यक्ति निरक्षर मिले। महावीर के अनुयायी जिनधर्म को मानने के कारण जैन कहलाते हैं।

युग के सन्दर्भ में महावीर का चिन्तन

यदि धार्मिकता के बन्धन से हटकर देखा जाए तो लगता है कि आज का युग भगवान महावीर के चिन्तन के अधिक निकट आ रहा है। और महावीर ने आज से ढाई हज़ार वर्ष पूर्व जो दिशाबोध दिया था, वह आज भी आकाशदीप की तरह प्रकाश-स्तम्भ बना पथदर्शन करा रहा है। जीवन और जिजीविषा से सम्बन्धित प्रत्येक प्रश्न पर महावीर ने गहराई से सोचा था और मानव-मात्र को अपने अस्तित्व का भान ही नहीं कराया था, जीवन जीने की कला और मानवीय व्यक्तित्व के चरम विकास का पथ भी दिखलाया था।

धार्मिक जड़ता और आर्थिक अपव्यय रोकने के लिए महावीर ने क्रियाकांड और यज्ञों का विरोध किया था। आदमी को आदमी के निकट लाने के लिए वर्ण-व्यवस्थामूलक समाज-व्यवस्था का निषेध किया था। जीवन जीने के लिए अनेकान्त की भावभूमि, स्याद्वाद की भाषा और अणुव्रत का आचार-व्यवहार दिया था। और मानव-व्यक्तित्व के चरम विकास के लिए दृढ़तापूर्वक कहा था कि ईश्वर तुम्हीं हो, अपने-आप को पहचानो और ईश्वरीय गुणों का विकास कर अपने ईश्वरत्व को पाओ। उन्होंने यह भी कहा – यह सब मैं अपनी ओर से नहीं कह रहा हूं, मेरे पीछे तीर्थंकरों के चिन्तन की एक लम्बी परम्परा है। मुझसे ढाई सौ वर्ष पहले ही पार्श्वनाथ ने ये सभी बातें दोहराई थीं। तथ्य नए नहीं हैं, नए ढंग से कहे भर हैं। युग के सन्दर्भ में, देश और काल के परिवेश में उन्हीं तथ्यों पर नए ढंग से सोचना अपेक्षित हो

जाता है, युग की भाषा में कहना ज़रूरी हो जाता है, वहीं मैंने भी किया।

महावीर ने यह भी कहा – यह जो मैं कहता हूं, इसे पहले तर्क की कसौटी पर कसकर अच्छी तरह जांच-देख लो, और सही लगे तो मानो। मेरे प्रति श्रद्धा है, मैं तुमसे अधिक ज्ञानवान हूं, इसलिए यह बात मत मानो। इतनी बड़ी बात वही कह सकता है जो व्यक्तित्व के चरमोत्कर्ष पर पहुंच चुका है।

महावीर ने धार्मिक जड़ता और आर्थिक अपव्यय को रोकने के लिए यज्ञों का विरोध किया था। अब तक इसमें से आधी बात की व्याख्या होती रही। अब इसके द्वितीयार्थ को देखें। महावीर के युग में यज्ञ बहुत होते थे, और बड़े पैमाने पर होते थे। यज्ञों में मनों घी-दूध, जौ-तिल आदि खाद्यान्न तथा गाय और घोड़े आदि पशु बहुतायत से भस्म किए जाते थे। यज्ञ धार्मिक कृत्य माने जाते थे, इसलिए सर्वश्रेष्ठ सामग्री की तलाश की ज़ाती थी। यदि एक राजा ने सौ अश्वमेघ किए और विभिन्न पुरोहित-पंडों ने पांच सौ गौमेध यज्ञों का आयोजन किया, तो सोचिए, जितने धनधान्य और पशुओं का विनाश हुआ उससे क्या समाज का आर्थिक जीवन छिन्न-भिन्न नहीं होता था? महावीर के यज्ञ विरोध का पुरोहित-पंडों ने विरोध किया; किन्तु जर्जर हो रही समाज की आर्थिक स्थिति को जैसे त्राहि मिली और उसने महावीर के यज्ञ-विरोध का साथ दिया। महावीर के बाद जन-मानस में यज्ञ-विरोध इतना विकसित होता गया कि आज पशुयज्ञों का नाम शेष हो गया। क्या इसे हम महावीर के चिन्तन का प्रसार नहीं कहेंगे?

दूसरी बात वर्ण-व्यवस्था की है। उंच-नीच और छुआछूत का भाव महावीर-युग में भयंकर रूप में था। इसे वर्ण-व्यवस्था कहा जाता और समाज-रचना का आधार माना जाता। महावीर ने कहा – यह समाज-रचना कैसी जिसमें आदमी आदमी के निकट न आ सके! उन्होंने कहा – यदि

शूद्र पिता का पुत्र शासन की बागडोर संभाल सकता है, तो उसे वह अवसर अवश्य मिलना चाहिए।

महावीर प्रव्रज्या के लिए निकले। चारों ओर अपार जनसमूह दर्शनार्थ उमड़ पड़ा। भीड़ चीरता हरिकेशी चांडाल सामने आ गया। उन्होंने उसे गले लगा लिया। हरिकेशी आपा भूल गया, लोग आश्चर्य से ठगे-से रह गए। महावीर ने कहा – आदमी-आदमी एक है, कोई छोटा-बड़ा नहीं है।

आज के परिवेश में हम इस सन्दर्भ को देखें तो अनायास ही कह उठें, भगवन! अब हम तुम्हारी बात मान गए। तब के शूद्र कहलाने वाले शूद्र-कुल में जनमे शौर्य को हमने शासनसूत्र देना आरम्भ कर दिया। अब ज्ञाननिष्ठ क्षत्रिय भी हमारे गुरु होते हैं और व्यापार-बुद्धि ब्राह्मण वैश्यवृत्ति करते हैं। चारों वर्णों के लोग सार्वजनिक स्थानों में साथ-साथ बैठते हैं, खाते-पीते हैं। अब हमने समझा कि आदमी-आदमी समान है, जन्म से कोई छोटा-बड़ा या ऊंच-नीच नहीं है।

और अब जीवन जीने की बात को लें। महावीर ने कहा – हमें यह बोध होना चाहिए कि वस्तु में अनेक धर्म होते हैं। रमेश अपने बाप का बेटा है, पर बहन का भाई, भानजे का मामा और अपने लड़के का पिता भी तो है। तब यदि हम सोचें कि रमेश पिता नहीं है या भाई नहीं है या मामा नहीं है, तो यह सोचना ग़लत न होगा? अवश्य होगा। संसार की प्रत्येक वस्तु के विषय में भी इसी प्रकार सोचना-जानना चाहिए। और जब हम यह जान लेंगे कि वस्तु अनेक धर्मात्मक है, तो हाथी को सूप कहने वाले अन्धे आदमी को हम झूठा नहीं कहेंगे। प्रत्युत कहेंगे, भाई, हाथी के कान सूप की तरह होते हैं और इसी तरह हाथी को सांप, रस्सी या दीवार की तरह कहने वाले से भी हम यही कहेंगे।

महावीर ने कहा – यही सोच-जान लेना अनेकान्त है और दूसरे के कथन को दृष्टि-विशेष मानकर स्वीकार करना, यही स्याद्वाद है। स्याद्वाद

की भाषा बोलने वाले का जीवन संघर्ष-रहित और सरल हो जाता है और उसके व्यवहार की रुझान स्वयमेव अणुव्रतों की ओर हो जाती है। अणुव्रत का अर्थ है, समाज-व्यवस्था और जीवन-शुद्धि के लिए नितान्त आवश्यक स्थूल आचारसंहिता का स्वतः नियमतः पालन। जैसे मैं जानबूझकर किसी के प्राण नहीं लूंगा। ऐसा काम नहीं करूंगा जिससे दूसरे को व्यर्थ ही कष्ट हो। झूठ नहीं बोलूंगा। बिना दिए किसी की चीज़ नहीं लूंगा। अपनी पत्नी में सन्तोष रखूंगा। न्यायपूर्वक धनोपार्जन करूंगा। संचय के प्रति तीव्र आसक्ति नहीं रखूंगा। सीमित सम्पति रखूंगा।

इस तरह महावीर ने सन्तुलित और संघर्षविहीन जीवन जीने के लिए चिन्तन में अनेकान्त भाषा में स्याद्वाद और आचार-व्यवहार के लिए अणुव्रत की कला सिखलाई। धार्मिक और दार्शनिक असहिष्णुता के उस युग में इस चिन्तन ने जो पथदर्शन कराया उससे चलकर आज हम वहां पहुंच गए हैं, जहां एक-दूसरे की बात को सुन लेते हैं। और कुछ सीमा तक हम वहां भी पहुंच रहे हैं, जहां हम स्वीकार कर लेते हैं कि हम जो कहते हैं, वही ठीक है, ऐसा हमारा आग्रह नहीं है। जो ठीक है वह हमें मान्य है। आज के शब्दों में प्रजातान्त्रिक पद्धति और समाजवादी समाज-रचना की आधारशिला अनेकान्त का चिन्तन है।

और अब देखें कि महावीर ने मानवीय व्यक्तित्व के चरम विकास की जो बात कही थी, उस तक हम कितने पहुंचे हैं। महावीर ने कहा था – प्रत्येक प्राणी एक स्वतन्त्र आत्मा है और प्रत्येक आत्मा अपने गुणों का विकास कर परमात्मा बन सकता है। वह कभी भी किसी अन्य आत्मा में विलय नहीं होता और न नष्ट होता है। क़िसी की कृपा या अकृपा से आत्मा का विकास या ह्रास नहीं होता। इसलिए ईश्वर नामक किसी सत्ता को मानने की आवश्यकता नहीं। महावीर के इस कथन ने मानव को एक ओर अपने अस्तित्व के प्रति आस्था दी और दूसरी ओर अपने व्यक्तित्व के चरम विकास की ओर प्रयत्नशील

बनाया। आज के युग के जागरूक व्यक्ति में यह आत्मबोध पहले से अधिक जागरित है। अब इस बात को महसूस किया जाने लगा है कि हमें किसी ऐसे अबूझ ईश्वर को मानने की आवश्यकता नहीं है, जो संसार बनाता है, उसकी रक्षा करता है और उसका नाश कर देता है। जिसकी इच्छा के बिना पत्ता भी नहीं हिलता और व्यक्ति अन्त में जिसमें विलीन हो जाता है।

इस तरह हम देखें कि महावीर ने आज से ढाई हज़ार वर्ष पूर्व जो चिन्तन दिया था, जाने-अनजाने सारा विश्व उसी ओर उन्मुख हो रहा है। अपव्यय को रोकने और अधिकतम उपयोगिता प्राप्त करने की बात सबके मन में आने लगी है। देश, काल और राजनीतिक परिस्थितियों के कारण वर्ण-भेद और छुआछूत के बन्धन अपने-आप समाप्त हो रहे हैं। प्रजातान्त्रिक पद्धति में दूसरे के कथन को सुनने और उचित होने पर मानने की अनिवार्य शर्त हमें अनेकान्त की ओर ले जा रही है और धर्मनिरपेक्षता में जनमी और जी रही पीढ़ी को किसी सृष्टिकर्ता ईश्वर की ज़रूरत नहीं रही। निःसन्देह आज का युग महावीर के अधिक निकट आ रहा है। और महावीर ने जो दिशाबोध दिया था, वह आज भी आकाशदीप की तरह प्रकाशस्तम्भ बना पथदर्शन करा रहा है।

महावीर–सन्देश

जो आत्म-स्वरूप को जानता है, वह सब-कुछ जानता है।

●

पुरुष! तू ही स्वयं अपना मित्र है। तू बाह्य जगत में मित्र क्यों ढूंढ़ता है?

●

अपनी आत्मा ही नरक की वैतरणी नदी तथा कूटशाल्मली वृक्ष है। और अपनी आत्मा ही स्वर्ग की कामदुधा धेनु तथा नन्दन वन है।

●

अपनी आत्मा के साथ ही युद्ध करना चाहिए। बाहरी शत्रुओं के साथ युद्ध करने से क्या लाभ? आत्मा के द्वारा आत्म-जयी ही वास्तव में पूर्ण सुखी होता है।

●

जो प्राणि-मात्र को आत्मवत समझता है, अपने-पराये सबको समान दृष्टि से देखता है; निराश्रव होकर आत्मा का दमन करता है, वह पाप-कर्म से लिप्त नहीं होता।

●

प्रत्येक साधक प्रतिदिन चिन्तन करे कि – मैंने क्या कर लिया है, और क्या करना शेष है? कौन सा ऐसा शक्य कार्य है, जिसको मैं नहीं कर पा रहा हूं ?

●

आत्मा ही अपने सुख-दुख का कर्ता तथा भोक्ता है। अच्छे मार्ग पर चलने वाला आत्मा अपना मित्र है, और बुरे मार्ग पर चलने वाला आत्मा अपना शत्रु है।

●

अपने-आप को ही दमन करना चाहिए। वस्तुतः अपने-आप को दमन करना ही कठिन है। अपने-आप को दमन करने वाला उभयलोक में सुखी होता है।

●

मानव! तू अपने-आप को वश में कर। इस प्रकार तू दुखों से छुटकारा पा जाएगा।

●

शरीर को नाव कहा है, आत्मा नाविक कहलाता है, संसार को समुद्र बतलाया है। इस संसार-समुद्र को महर्षि जन पार करते हैं।

●

मनुष्य-जीवन पाकर कर्मों से युद्ध करो। बाह्य युद्धों से तुझे क्या? यदि इस बार चूक गए, तो फिर युद्ध के योग्य नर-जन्म मिलना कठिन है।

●

जो वीर दुर्जय संग्राम में लाखों योद्धाओं को जीतता है; यदि वह एक अपनी आत्मा को जीत ले, तो यह उसकी सर्वोपरि विजय है।

•

दूसरे लोग मेरा वध-बन्धनादि से दमन करें, इसकी अपेक्षा मैं संयम और तप के द्वारा अपना दमन करूं, यह अच्छा है।

•

अज्ञानी मनुष्य भूत और भविष्य को भूल जाता है। वह इस बात पर भी विचार नहीं करता कि इस आत्मा को संसार में क्यों भटकना पड़ता है, और भविष्य में क्या दशा होगी?

•

विद्वान पुरुष को चाहिए कि वह संसार-भ्रमण के कारण दुष्कर्म-पाशों को भली-भांति समझकर अपने आप स्वतन्त्र रूप से सत्य की खोज करे, और सब जीवों पर मैत्रीभाव रखे।

•

सिर काटने वाला शत्रु भी उतना अपकार नहीं करता, जितना कि दुराचरण में आसक्त आत्मा करती है।

•

ज्ञान, दर्शन और चारित्र से परिपूर्ण मेरी आत्मा ही शाश्वत है; सत्य सनातन है। आत्मा के सिवा अन्य सब पदार्थ संयोग-मात्र से मिले हैं।

•

जो तू अपने लिए चाहता है, वह दूसरों के लिए भी चाह, जो तू अपने लिए नहीं चाहता, उसे दूसरों के लिए भी मत चाह – बस, जिन-शासन इतना ही है।

•

ज्ञान, मानवता का सार है, लेकिन ज्ञान का भी सार है सम्क्त्व – सच्ची आत्म-श्रद्धा।

●

धर्म सर्वश्रेष्ठ मंगल है। धर्म का अर्थ है – अहिंसा, संयम और तप। जिसका मन सदा धर्म में रमा रहता है, देवता भी उसे नमस्कार करते हैं।

●

सदा विषय-भोगों में रचा-पचा रहने वाला मनुष्य धर्म के तत्त्व को नहीं पहचान सकता।

यह आत्मा सुनकर ही धर्म का मार्ग जानता है, और सुनकर ही पाप का। दोनों मार्ग सुनकर ही जाने जाते हैं। जो श्रेयस्कर प्रतीत हो, उसका आचरण करे।

●

मनुष्य-शरीर पाकर भी सद्धर्म का श्रवण दुर्लभ है, जिसे सुनकर मनुष्य तप, क्षमा और अहिंसा को स्वीकार करते हैं।

●

जब तक बुढ़ापा नहीं सताता, जब तक व्याधियां नहीं बढ़तीं, जब तक इन्द्रियां हीन, अशक्त नहीं होतीं, तब तक धर्म का आचरण कर लेना चाहिए।

●

जो पथिक बिना पाथेय लिये ही लम्बी यात्रा पर चल पड़ता है, वह आगे जाता हुआ भूख तथा प्यास से पीड़ित होकर अत्यन्त दुखी होता है।

●

इसी प्रकार जो मनुष्य बिना धर्माचरण किए परलोक जाता है, वह भी वहां नाना आधि-व्याधियों से पीड़ित होकर अत्यन्त दुखी होता है।

●

जो पथिक लम्बी यात्रा में अपने साथ पाथेय लेकर चलता है, वह आगे चलकर भूख और प्यास से तनिक भी पीड़ित न होकर अत्यन्त सुखी होता है।

●

जो मनुष्य भली-भांति धर्माचरण करके परलोक जाता है, वह वहां लघुकर्मी तथा पीड़ा-रहित होकर अत्यन्त सुखी होता है।

●

जिस प्रकार मूर्ख गाड़ीवान जानता हुआ भी साफ मार्ग को छोड़कर विषम मार्ग पर जाता है, और गाड़ी की धुरी टूट जाने पर शोक करता है –

●

उसी प्रकार अज्ञानी मनुष्य भी धर्म को छोड़कर और अधर्म को ग्रहण कर, अन्त में मृत्यु के मुंह में पड़कर जीवन की धुरी टूटने पर शोक करता है।

●

जो रात और दिन एक बार अतीत की ओर चले जाते हैं, वे कभी वापस नहीं लौटते; जो मनुष्य अधर्म, पाप करता है, उसके वे रात-दिन बिल्कुल निष्फल जाते हैं।

●

जो रात और दिन एक बार अतीत की ओर चले जाते हैं, वे फिर कभी वापस नहीं लौटते; जो मनुष्य धर्म करता है, उसके वे रात और दिन सफल हो जाते हैं।

●

भन्ते! कैसे चले? कैसे खड़ा हो? कैसे बैठे? कैसे सोए? कैसे खाए? कैसे बोले? जिससे कि पाप-कर्म का बन्ध न हो।

●

आयुष्मन! विवेक से चले, विवेक से खड़ा हो, विवेक से बैठे, विवेक से सोए, विवेक से खाए और विवेक से ही बोले, तो पाप-कर्म का बन्ध नहीं होता।

●

सिर मुंड़ा लेने से कोई श्रमण नहीं होता। 'ॐ' का जाप करने से कोई ब्राह्मण नहीं होता। निर्जन वन में निवास करने से कोई मुनि नहीं बनता और न कुशा-वस्त्र धारण करने से कोई तपस्वी ही होता है।

●

समता से श्रमण होता है, ब्रह्मचर्य से ब्राह्मण होता है, ज्ञान से मुनि होता है और तप करने से तपस्वी बना जाता है।

●

संसार में चार साधनों का मिलना बहुत दुर्लभ है – मनुष्यत्व, धर्म-श्रवण, श्रद्धा और संयम में पुरुषार्थ।

●

जो मनुष्य प्रतिमास लाखों गायें दान देता है, उसकी अपेक्षा कुछ भी न देने वाले का संयमाचरण श्रेष्ठ है।

●

कितने ही अविवेकी साधुओं से विवेकशील गृहस्थ श्रेष्ठ हैं। विवेकशील साधु तो सब गृहस्थों से उत्तम हैं, श्रेष्ठ हैं।

●

मनुष्य कर्म (आचरण) से ही ब्राह्मण होता है, कर्म से ही क्षत्रिय होता है, कर्म से ही वैश्य होता है और शूद्र भी कर्म से ही होता है।

●

मनोरम काम-भोगों का मिलना सुलभ है, स्वर्ग का वैभव पाना भी सहज है, पुत्र, मित्र आदि का संयोग भी सुलभ है; परन्तु एक धर्म की प्राप्ति होना दुर्लभ है।

●

धार्मिक पुरुषों का जागरण – जागते रहना अच्छा है और पापी लोगों का सोते रहना ही अच्छा है।

●

जिन-शासन का मूल विनय है। विनीत साधक ही सच्चा संयमी हो सकता है। जो विनय से हीन है, उसको कैसा धर्म और कैसा तप?

●

जो आने वाले स्नेही जनों में आसक्ति नहीं रखता तथा जाते हुओं का शोक नहीं करता और जो आर्य-वचन में सदा रमण करता है, उसे हम ब्राह्मण कहते हैं।

●

सच्चे धर्म के अनुगामी धीर पुरुष की धीरता देखो, जो अधर्म का परित्याग कर धर्मिष्ठ हो जाता है और अन्त में देवत्व प्राप्त करता है।

●

धर्म-उपदेश जिस प्रकार धनवान के लिए है, उसी प्रकार ग़रीब के लिए भी है। जिस प्रकार ग़रीब के लिए है, उसी प्रकार धनवान के लिए भी है।

●

सब जीव जीना चाहते हैं, मरना कोई भी नहीं चाहता। इसलिए निर्ग्रन्थ-जैन मुनि प्राणि-वध का सर्वथा परित्याग करते हैं।

●

जैसे मुझे दुख प्रिय नहीं है, वैसे ही सब जीवों को दुख प्रिय नहीं है, यह समझकर जो न स्वयं हिंसा करता है और न दूसरों से हिंसा करवाता है, वही श्रमण – भिक्षु है।

●

किसी भी प्राणी की हिंसा न करना ही ज्ञानी होने का सार है। अहिंसा- सिद्धान्त ही सर्वश्रेष्ठ है, विज्ञान केवल इतना ही है।

●

साधक! जन्म-मरण को जानकर ज्ञान, दर्शन आदि मोक्षमार्ग पर विचार करो। न किसी जीव को स्वयं मारो, न मारने के लिए कहो और न मारने वाले का अनुमोदन ही करो।

●

सब प्राणियों को दुख अप्रिय लगता है, अतः किसी भी प्राणी की हिंसा नहीं करनी चाहिए।

●

सभी प्राणी दीर्घायु चाहते हैं। सुख पसन्द करते हैं, दुख से घबराते हैं। सबको मरण अप्रिय है, जीवन प्रिय है। सब जीने की कामना करते हैं। संसार में जीवन सबको प्यारा है।

●

जिसने हिंसा करना छोड़ दिया है, वही समझदार है; और वही ज्ञानी है। इस बात को बिल्कुल ठीक समझो।

●

जो मनुष्य प्राणियों की स्वयं हिंसा करता है, दूसरों से हिंसा करवाता है, और हिंसा करने वालों का अनुमोदन करता है, वह संसार में अपने लिए वैर को ही बढ़ाता है।

●

हिंसा आदि कार्य करने के बाद भी कई भव्य प्राणी संयम-मार्ग पर चले आते हैं। भोगों को निःसार समझकर वे फिर उनका सेवन नहीं करते।

●

वैर रखने वाला मनुष्य सदा वैर ही किया करता है। वह वैर में ही आनन्द मानता है। हिंसा-कर्म पाप को उत्पन्न करने वाले हैं, अन्त में दुख पहुंचाने वाले हैं।

●

सम्यक बोध को प्राप्त बुद्धिमान मनुष्य हिंसा से उत्पन्न होने वाले वैर-वर्धक तथा महा भयंकर दुखों को जानकर अपने को पाप कर्म से बचाए।

●

संसार में प्रत्येक प्राणी के प्रति – फिर भले ही वह शत्रु हो या मित्र – समभाव रखना, तथा जीवन-पर्यन्त सभी प्रकार की हिंसा का त्याग करना – वस्तुतः बड़ा ही दुष्कर है।

●

साधक को चाहिए कि वह संसार में रहने वाले त्रस और स्थार जीवों पर मन, वचन, तन से किसी भी तरह दंड का प्रयोग न करे।

●

जीव-हिंसा अपनी हिंसा है, जीव-दया अपनी दया है। इसी दृष्टि को लेकर आत्मार्थी साधकों ने हिंसा का सर्वथा परित्याग किया है।

●

संसार में जो कुछ भी उदार सुख, प्रभुता, सहज सुन्दरता, आरोग्य एवं सौभाग्य दृष्टिगत होते हैं; वे सब अहिंसा के ही फल हैं।

●

संसार में जैसे सुमेरु से ऊंची और आकाश से विशाल कोई दूसरी चीज़ नहीं है, इसी प्रकार यह निश्चय समझो कि अखिल विश्व में अहिंसा से बढ़कर कोई धर्म नहीं है।

●

यह बात निश्चित जानो कि चारों गति के जीव जितने भी दुख भोगते हैं; वे सब हिंसा के ही फल हैं।

●

जैसे तुझे दुख अप्रिय है, इसी प्रकार संसार के सब जीवों को दुख अप्रिय है – ऐसा समझकर सब प्राणियों पर आत्मवत आदर एवं उपयोगपूर्वक दया करो।

●

यह जीव-हिंसा ही ग्रन्थ – आठों कर्मों का बन्ध है, यही मोह है, यही मृत्यु है और यही नरक है।

●

संसार में जितने भी त्रस और स्थावर प्राणी हैं, उन सबको क्या जान में और क्या अजान में – न स्वयं मारे और न दूसरों से मरवाए।

●

भय और वैर से निवृत्त साधक, जीवन के प्रति मोह-ममता रखने वाले सब प्राणियों को सर्वत्र अपनी ही आत्मा के समान जानकर उनकी कभी भी हिंसा न करे।

●

मानव! सत्य को पहचान। जो विद्वान सत्य-मार्ग पर चलता है, वह संसार-सागर को पार कर जाता है।

●

सत्य ही भगवान है।

●

असत्य संसार में सभी सत्पुरुषों द्वारा निन्दित ठहराया गया है, और सभी प्राणियों को अविश्वसनीय है, इसलिए असत्य छोड़ देना चाहिए।

●

सदा अप्रमात्त और सावधान रहकर, असत्य को त्यागकर हितकारी सत्य-वचन ही बोलना चाहिए। इस तरह सत्य बोलना बड़ा कठिन होता है।

●

अपने स्वार्थ के लिए अथवा दूसरों के लिए, क्रोध अथवा भय से – किसी प्रसंग पर दूसरों को पीड़ा पहुंचाने वाला असत्य वचन न तो स्वयं बोले, न दूसरों से बुलवाए।

●

सत्य में दृढ़ रहो। सत्य-रत मेधावी व्यक्ति सब पापों को नष्ट कर डालता है।

●

लोहे के कांटे – तीर तो थोड़ी देर तक ही दुख देते हैं, और वह भी शरीर से बड़ी सरलता से निकाले जा सकते हैं; किन्तु वाणी से कहे हुए तीक्ष्ण वचन के तीर वैर-विरोध की परम्परा को बढ़ाकर भय को उत्पन्न करते हैं, और जीवन-पर्यन्त कटु वचन का हृदय से निकलना बड़ा ही कठिन है।

●

जो भाषा कठोर हो, दूसरों को दुख पहुंचाने वाली हो, चाहे वह सत्य ही क्यों न हो, नहीं बोलनी चाहिए; क्योंकि उससे पाप का आगमन होता है।

●

सत्य ही लोक में सार-तत्त्व है। यह महासमुद्र से भी अधिक गम्भीर है।

●

सदा सत्य से सम्पन्न होकर विश्व के प्राणि-मात्र के साथ मैत्रीभाव रखे।

●

सत्य यश का मूल है, सत्य विश्वास का प्रधान कारण है, सत्य स्वर्ग का द्वार है और सत्य ही सिद्धि का सोपान है।

●

सचेतन पदार्थ हो या अचेतन, अल्प-मूल्य पदार्थ हो या बहुमूल्य, और तो क्या दन्त-शोधन की सींक भी जिस गृहस्थ के अधिकार में हो, उसकी आज्ञा लिए बिना –

●

पूर्ण संयमी साधक न स्वयं ग्रहण करते हैं न दूसरों को ग्रहण करने के लिए प्रेरित करते हैं और न ग्रहण करने वालों का अनुमोदन ही करते हैं।

●

दांत कुरेदने की सींक आदि तुच्छ पदार्थ भी बिना दिए चोरी से न लेना, निर्दोष एवं एषणीय भोजन-पान भी दाता के यहां से दिया हुआ ही लेना – यह बड़ी दुष्कर बात है।

●

अ-ब्रह्मचर्य अधर्म का मूल है, महादोषों का स्थान है; इसलिए निर्ग्रन्थ – मोक्ष-साधक मैथुन-संसर्ग का सर्वथा परित्याग करते हैं।

●

काम-भोगों का रस न जान लेने वाले के लिए अ-ब्रह्मचर्य से विरत होना और ब्रह्मचर्य का महाव्रत धारण करना, बड़ा ही कठिन कार्य है।

●

धीर पुरुष! भोगों की आशा तथा लालसा छोड़ दे! तू स्वयं इस कांटे को लेकर क्यों दुखी हो रहा है?